RÉPONSE

AU FACTUM

DE M. SCHOELCHER,

INTITULÉ

LA VÉRITÉ AUX OUVRIERS ET CULTIVATEURS DE LA MARTINIQUE

Par C. A. BISSETTE,

REPRÉSENTANT DU PEUPLE,

PARIS,

IMPRIMERIE DE POUSSIELGUE,

RUE CROIX-DES-PETITS-CHAMPS, 29.

1850

RÉPONSE

AU FACTUM

DE M. SCHŒLCHER.

RÉPONSE

AU FACTUM

DE M. SCHŒLCHER,

INTITULÉ

LA VÉRITÉ AUX OUVRIERS ET CULTIVATEURS DE LA MARTINIQUE;

Par C. A. Bissette,

REPRÉSENTANT DU PEUPLE.

PARIS,

IMPRIMERIE DE POUSSIELGUE,

RUE CROIX-DES-PETITS-CHAMPS, 29.

1850

RÉPONSE

A M. SCHŒLCHER.

MES CHERS AMIS, MES FRÈRES,

Vous avez pu lire dernièrement un nouveau et lourd *factum* de M. Schœlcher, portant ce titre : *La Vérité aux Ouvriers et Cultivateurs de la Martinique.*

Si vous n'avez pas détourné avec dégoût vos regards et votre pensée de ce monument de haine personnelle, vivace, honteuse, vous vous rappelez que ce nouveau-né de M. Schœlcher a été créé et mis au monde en haine d'un seul homme, que ce livre tout entier est écrit contre un seul homme, contre moi.

A un pareil adversaire, à un adversaire coupable de ce livre, ma dignité personnelle, ma dignité de Représentant du peuple m'eût commandé de ne point répondre. Un dégaigneux silence eût été son châtiment ; mais à vous, mes frères, mes compatriotes, à vous qu'on se flatte, qu'on se vante de parvenir à tromper à force de calomnies persévérantes, de ruse, de perfidie, à vous seuls je dois quelques explications : une courte réponse donc aux cinq cents pages d'accusation de mon haineux adversaire.

Je me propose ici de mettre à néant, une fois pour toutes, les vieilles accusations de M. Schœlcher; puis de vous donner la juste mesure de ses attaques, leur mobile, leur but; la juste mesure aussi de cet homme, avec lequel il faut en finir.

Pour le pouvoir faire, j'ai dû avoir le courage de lire jusqu'au bout ces cinq cents pages signées Schœlcher, et pétries de fiel, de vengeance, de dépit, d'amour-propre blessé. Œuvre indigne d'un cœur honnête, d'un prétendu puritain, elle restera pour montrer au monde ce que peut un homme vindicatif et méchant, affichant au dehors les sentiments d'une grande âme! Elle restera pour le prochain remords de l'auteur de cette élucubration malfaisante!

Vous comprenez, mes amis, que mon intention n'est pas et ne peut pas être de descendre sur le terrain étroit, égoïste et sale où m'appelle M. Schœlcher. C'est vous dire que je laisserai sous mes pieds tous les commérages, les cancans de bas aloi, toutes les inutiles déclamations, toutes les divagations ambitieuses, tous les infimes ou puérils détails qui foisonnent dans ce livre dégoûtant.

Qui veut trop prouver ne prouve rien que sa sottise, la pauvreté de sa cause, l'inanité de ses discours. Je n'ai donc point, moi, à entrer dans toutes ces petites choses-là. Je veux seulement détruire les quelques pièces soi-disant authentiques qu'il produit dans son livre comme chefs d'accusation ou comme preuves de ses dires mensongers.

Sans autre préambule j'entre en matière.

Que voyons-nous dans le premier chapitre de ce factum?

De longs et minutieux détails sur la rupture de M. Schœlcher avec moi; des anecdotes plus ou moins intéressantes et modestes, des appréciations personnelles de M. Schœlcher, à propos de sa querelle, toujours avec moi. Ces querelles, je les tiens comme indignes du public dans leurs détails. J'en parlerai donc très brièvement. Libre à M. Schœlcher de tuer le temps à délayer sa pensée et sa vieille rancune dans de gros livres que personne n'achète ni ne lit. Libre à lui encore d'expliquer tout à loisir ses doléances, ses superbes prétentions, ses chagrins parlementaires et électoraux. Encore un coup, je n'ai point à répondre à ces interminables et vaniteuses niaiseries d'un homme qui croit sincèrement que le monde entier s'occupe de sa chétive et pauvre individualité.

Ainsi je vous rappellerai simplement, mes amis, qu'en effet, dans le principe, je n'eus que de bons rapports avec M. Schœlcher, à propos surtout de son petit livre de 1838; que, plus tard, je dus me séparer politiquement de lui et le réfuter énergiquement, quand, s'attaquant à tous les hommes que je représentais à Paris, il qualifia la race noire et ses descendants de la façon la plus outrageante; personne n'ignore ce fait, que de ce moment la polémique devint vive, acerbe entre nous; et que, pour un incident regrettable, soulevé par lui, pour cette attaque que tout d'abord je ne jugeais pas devoir être une cause de haine éternelle, je dus me résigner à ne plus voir en lui qu'un ennemi personnel et irréconciliable. Telle est la nature de M. Schœlcher ; il ne pardonne pas à qui a blessé son amour-propre ; or, ma nature ne le cédant à personne en dignité, en fierté, quand j'ai la conscience de l'accomplissement d'un devoir, je laissai de côté un cœur haineux et vindicatif, et je poursuivis, tout seul et tout droit, mon chemin dans la défense de mes frères, de mes concitoyens. Pouvais-je m'inquiéter davantage d'un auxiliaire qui trahissait notre confiance et tournait ses armes contre la cause commune?

Voilà l'unique source, le principe de la haine de M. Schœlcher contre moi, revue, avivée et augmentée par sa jalousie, par son dépit électoral, et encore par le petit M. Piquion dit Perrinon, qui, lui aussi, a eu le noble courage, après avoir été mon ami, de se liguer contre moi avec M. Schœlcher, son maître. Notez bien, mes amis, qu'à cette époque M. Schœlcher était riche comme toujours; j'étais pauvre, comme toujours; M. Schœlcher, de par ses écus, pouvait quelque chose; je ne pouvais rien. M. Perrinon donc se mit à la remorque de la haine du riche contre le pauvre. Il a eu depuis le courage de souffler le feu de la discorde, car il faut que vous sachiez que M. Perrinon, qui a conquis grades et croix dans les bureaux et sans jamais avoir vu le feu de ses canons, a rêvé un beau jour qu'il était, lui aussi, un grand homme politique; et il cherchait un point d'appui en M. Schœlcher. Brouillon, vantard, haineux et colère, vous l'avez vu à l'œuvre ; vous savez ce qu'il a fait, ce qu'il vaut. J'aurai tout à l'heure occasion de vous édifier sur sa véracité et sur sa bonne foi.

Venons à ce qu'il y a dans ce premier chapitre du livre de M. Schœlcher de saisissable et qui mérite réfutation.

M. Schœlcher, après avoir reproduit contre moi cinq vieilles lettres, s'en sert pour attaquer ma vie privée, intime, ma moralité. Après avoir triomphalement encadré d'insidieux et perfides commentaires, cinq lettres de MM. Bastide, Lavocat, France, *Perrinon* et Isambert, il conclut formidablement ainsi, il résume ainsi son premier, son unique chapitre contre ma moralité :

« M. Lavocat *prétend* avoir été la dupe de M. Bis-
« sette ;

« M. Droz l'appelle Macaire ;

« Et le conseil de famille de la légion d'artillerie l'a
« repoussé de son sein. »

Donc, voilà les faits carrément posés : je n'ai en définitive à détruire qu'une *prétention* individuelle de M. Lavocat ; une impertinente appellation, individuelle encore, de M. Droz ; et, ce qui serait plus sérieux, la seule chose même sérieuse, la prétendue décision du conseil de famille de la légion d'artillerie.

Ensuite la lettre de M. Isambert sera mise à néant par une lettre de M. Isambert lui-même ;

La lettre de M. Perrinon sera détruite par la lettre originale et non tronquée de M. Perrinon, que j'ai entre les mains ;

La lettre de M. France, détruite aussi par M. France lui-même ;

Celle de M. Droz par un mot ;

Celle de M. Lavocat par des pièces et de loyales explications ;

Celle de M. Bastide enfin par l'exposition claire et sincère des faits tels qu'ils se sont passés au sein du conseil de la légion d'artillerie et dans les bureaux de *la Réforme*.

Mais avant d'aborder la discussion analytique de chacun de ces faits, dont les principaux s'enchaînent, jetons un coup d'œil synthétique sur la conclusion que s'efforce d'en tirer M. Schœlcher, après les avoir montrés à travers le prisme de sa haine.

M. Schœlcher établit d'abord que jadis, il y a dix et vingt ans, j'ai plusieurs fois emprunté de très faibles sommes à des amis, à des connaissances, alors que dans l'exil j'étais trop souvent aux prises avec le besoin le plus absolu ; il cite les chiffres : c'est 1,000 fr., 200 fr. et 15 fr. Il sait que je me suis acquitté de ces dettes ; il ne le conteste pas ; et pourtant il ose conclure que j'ai fait des *emprunts forcés !*

Des emprunts forcés ! Lâche mensonge, infâme calomnie ! Ah ! mes amis, si la maison de haine et de vengeance, qui a pour raison sociale : Schœlcher, Perrinon et Compagnie, avait pu prouver ce fait d'emprunts forcés, avec quelle joie, quel empressement, avec quelle douce satisfaction elle aurait complaisamment étalé ses preuves, sans omission de circonstances aggravantes !

Mais à défaut de tels actes, à défaut absolu de ces preuves, et en présence de lettres qui constatent uniquement des *emprunts volontaires et libres*, M. Schœlcher a la mauvaise foi insigne d'accoler, grâce au ciment de sa venimeuse haine, l'épithète de *forcés* au mot *em-*

prunts! Il voudrait par là, ce *loyal* adversaire, me faire passer pour un homme indélicat, sans oser le dire!

Vous me saurez gré, mes amis, mes frères, vous qui me connaissez bien, qui savez que j'ai fait mes preuves de toute sorte, qui savez que j'ai irréprochablement traversé une longue vie de lutte inégale, de privations, de misère, vous me saurez gré d'imposer silence au cri de mon vieux sang, et de refouler dans mon cœur la première et violente inspiration d'une âme généreuse et indignée!

C'est à vous, à votre justice, que je lègue le soin de me venger.

Pour moi, qui ne suis pas juge, je me contenterai de jeter à la face de cet homme, avec tout mon mépris, cette parole : Vous en avez menti, monsieur Schœlcher, quand vous parlez d'emprunts forcés! Et je vous mets au défi le plus absolu de justifier votre insolente et menteuse épithète, pièces en mains ou en présence de ceux mêmes qui m'ont jadis aidé volontairement et amicalement de leur bourse, au temps où, mandataire de mes frères des colonies, je me suis vu avec chagrin dans la nécessité de recourir à des sympathies étrangères, bien souvent pour la cause des miens, jamais sérieusemen pour moi, ainsi que je le prouverai dans cette réponse.

Oui, monsieur Schœlcher, vos misérables preuves, vos trois ou quatre faits ténébreusement tronqués laissent intacts, même dans votre livre immonde, mon honneur et ma probité, tout en déposant de la grande et longue misère que j'ai courageusement et honorablement supportée, je le dis sans rougir, car on ne rougit que de ce qui est honteux.

Bientôt, entendez-vous, bientôt ce livre, que vous avez pu signer après cinq cents pages de réflexion, de froide préméditation, ce livre vous pèsera sur la conscience plus que ne me pèsent les vingt-cinq années de ma vie que vous avez vainement tenté de flétrir sous le souffle impur et malfaisant de votre implacable haine ! Vous savez que je suis prophète.

Retranché derrière vos 40,000 fr. de rentes, qui ne vous ont jamais manqué, vous n'avez jamais connu le besoin, la misère..... et vous vous efforcez de déconsidérer un homme qui, de longues années, a été éprouvé par la dure nécessité ! Vous ne sauriez comprendre, riche que vous êtes par droit de naissance et d'héritage, qu'on emprunte ; et vous faites du titre d'*emprunteur* un titre de réprobation éternelle dans ce monde et dans l'autre ! Devant votre austère et inflexible morale, qui se prélasse dans le luxe de ses rentes, je suis éternellement coupable d'avoir quelquefois loyalement emprunté ce que je n'avais pas, ce qu'il me fallait pour vivre d'abord, mais surtout pour poursuivre mon œuvre de démolition de l'esclavage ! Car, mieux que personne, vous savez, vous, où passait le peu que j'avais ; vous savez où est passée ma modique fortune ; vous savez toute ma vie, et vous me calomniez ! Si vous ne voulez pas vous souvenir, monsieur Schœlcher, interrogez donc vos nouveaux amis MM. Papy, Waddy, et d'un autre côté les imprimeurs qui composaient mes mémoires, mes revues, mes libelles, mes pétitions, mes pamphlets...

Oui, mes amis, mes frères, j'ai quelquefois emprunté, puisque M. Schœlcher et Compagnie tiennent à ce que je le dise et l'imprime; oui, j'ai quelquefois emprunté pour vous, pour moi. Je l'avoue hautement, puisqu'on a *noblement* fouillé dans ma vie intime, pauvre et honnête ; puisqu'il est beau de produire au grand jour de la publicité les infimes mystères du foyer domestique. Mais jamais, entendez-vous, jamais je ne l'ai fait d'une manière honteuse ou répréhensible. Et aujourd'hui que, délivrés de la hideuse plaie de l'esclavage, vous avez voulu me donner, comme des enfants à leur père, les premières économies de votre travail libre ; aujourd'hui votre père se hâte, est heureux de se hâter de rendre aux hommes généreux, qui nous ont ouvert leur bourse et leurs cœurs aux jours malheureux, les délicates offrandes qu'ils nous avaient faites pour une sainte cause, et pour lesquelles je me regarde comme solidaire avec vous. Car, quoi qu'on fasse, je suis vous; vous êtes moi; le cœur, le sang, le malheur passé nous unissent indissolublement, et les méchants ne parviendront jamais à nous désunir, à tourner les fils contre le père, le père contre les fils. Pour moi, j'en fais ici le serment solennel !

J'aurai tout à l'heure l'occasion de vous prouver, mes chers amis, pièces en mains et sans altérer les lettres, tout ce que je vous dis, et vous aurez la douce satisfaction de lire à la fin de ce petit volume les lettres honorables pour vous et pour moi de quelques hommes d'élite de la France, envers lesquels mon premier devoir, à Paris, a été de m'acquitter et de vous acquitter pécuniairement ; car le cœur ne s'acquitte, vous le savez, que par une longue gratitude.

Ainsi, et je résume ici en peu de lignes les vingt-cinq dernières années de ma vie et la conduite de M. Schœlcher et consorts ; ainsi, jeté par le vent du malheur, — d'un malheur que j'ai effacé de ma mémoire et dont je ne veux plus parler ; — jeté dans Paris en 1827 avec quelques ressources temporaires, il est vrai, mais avec une nombreuse famille, avec mon courage aussi, ma foi dans notre belle cause, j'avais voué ma vie à son triomphe, j'avais pâli dans le travail et les privations, j'avais multiplié les publications pour les nègres et les mulâtres, pour vous tous, mes frères, à mes risques et périls de toute nature ; partout j'avais rencontré de généreuses sympathies ; j'étais parvenu dans cette rude et laborieuse voie jusqu'en 1843, sans qu'aucune diffamation eût atteint ma vie..... Je touchais à la terre promise en 1848 !...

J'avais compté sans M. Schœlcher.

En 1843 une polémique s'élève entre lui et moi ; je critique vivement un de ses écrits, celui dont je vous ai parlé plus haut, parcequ'il était outrageant pour l'honneur de nos mères et de nos filles... Et parceque j'écrivis en homme libre, en citoyen indépendant ; parceque je blâmai sévèrement dans ce livre ce qui me parut blâmable, ce qui me parut devoir nuire à la cause de l'émancipation générale, je blessai profondément, irrémissiblement, mortellement l'amour-propre du citoyen Schœlcher.

Le citoyen Schœlcher était trop grand seigneur pour souffrir cette outrecuidance de la part d'un homme qui n'avait pas 40,000 livres de rentes, d'un homme qui ne pouvait même pas répondre comme Boileau à cet archevêque qui lui disait : — « Je ne comprends pas qu'on puisse être honnête homme à moins d'avoir 150,000 livres de rentes. » — « Monseigneur, il s'en faut de 144,000 francs que je sois honnête homme. »

De ce moment, — car jusque là j'avais toujours été pour M. Schœlcher un galant homme, — de ce moment, mes amis, M. Schœlcher me voua une haine mortelle ; il jura, sans doute par le Styx ou par Piquion dit Perrinon, de me poursuivre par tous les moyens imaginables, de me nuire partout, en tout temps, en tous lieux. Mes amis deviennent ses ennemis... ; et comme je n'ai point d'ennemis, de sa botte vernie il frappera le sol et en fera bien surgir quelques-uns, pour les besoins de sa vengeance.

Il avait entendu parler de ma gêne..., vite, il se met en quête ; il lance en campagne son doux ami, son *alter ego*, que vous connaissez, un chef de bataillon d'artillerie, décoré, quoique vierge de tout combat. Il rencontre peut-être un de mes créanciers, un créancier de mauvaise humeur... c'en est assez ; le voilà sur la voie. Avoir emprunté, avoir contracté des dettes, tranchons le mot, cela n'a rien de déshonorant pour un honnête homme malheureux ; avoir eu recours, en présence d'une dure et impérieuse nécessité, à la bourse de quelques amis, d'hommes du moins que je croyais tels, quel crime abominable ! quel outrage à la morale publique !

M. Schœlcher se charge de le mettre en relief, ce crime ; avec son esprit, et ses autres ressources, il va ingénieusement, bassement l'exploiter... Peut-être de cette belle exploitation sortira enfin la vengeance de l'amour-propre blessé, si avidement recherchée, si impatiemment attendue! Et le voilà à l'œuvre; le voilà diffamant odieusement, lui, homme riche, l'homme pauvre coupable d'avoir loyalement emprunté ce que plus tard il doit rendre loyalement et sans attendre qu'on le lui demande.

M. Schœlcher, pour parvenir à ses fins, organise un système de police particulière pour rechercher mes créanciers. Le superlatif de son bonheur et de sa vengeance eût sans doute été de me faire mettre en prison pour dettes... Malheureusement il ne le put. Mais il quête, il mendie des lettres contre moi. Il use de son influence, de sa position, pour obtenir, d'hommes faibles ou de pauvres cœurs, des plaintes et des reproches, des écrits même, qu'il sait ensuite habilement tourner contre l'homme qu'il veut perdre.

Voilà, mes amis, l'historique exact de la haine de M. Schœlcher, augmentée depuis, je vous l'ai dit, de celle de son disciple Perrinon. Si l'union fait la force, l'union des haines, cette monstreuse alliance, doit être bien puissante à nuire!

J'espère pourtant seul, avec ma bonne foi, ma franchise et ma conscience, faire tourner à la confusion de leurs auteurs l'échafaudage honteux de leur passion, de leur violence, de leur aveugle haine.

Je passe, après ce coup d'œil général, aux lettres et aux noms propres que j'ai cités plus haut; car c'est déjà trop m'occuper de M. Schœlcher et Compagnie.

I.

Et d'abord M. Isambert.

Vous connaissez de réputation M. Isambert, mes amis ; vous savez qu'il fut mon conseil, mon défenseur ; quoi qu'il arrive, je ne l'oublierai jamais ; mais s'il est vrai de dire qu'il prit courageusement ma défense en mains, si je lui en suis toujours reconnaissant, il fut bientôt récompensé de la constance avec laquelle il soutint la cause des trois victimes de 1824 ; il dut à cette cause célèbre sa réputation et peut-être sa fortune, car à l'époque il débutait presque dans la noble profession d'avocat. Nos relations furent toujours faciles, amicales. J'avais en lui la plus grande confiance, et je le croyais mon ami.

C'est au sujet de M. Isambert, mes amis, qu'il a été question de couverts d'argent, et que M. Piquion dit Perrinon a osé écrire et signer ces lignes, reproduites par M. Schœlcher, page 21 de son livre :

« Je tiens de la bouche du citoyen Isambert, ou *de sa* « *dame*, que le citoyen Bissette leur a emprunté de « l'argenterie pour donner un repas à quelques-uns de « ses amis, et qu'il l'a mise au Mont-de-Piété. Le ci- « toyen Isambert a eu la plus grande peine à rentrer « dans la possession de ses couverts. »

Signé PERRINON.

En effet, en 1840, j'empruntai à M. Isambert, pour donner à dîner à quelques personnes sur lesquelles je m'expliquerai tout à l'heure, six couverts d'argent; et cet emprunt de quelques jours prouve seulement que je n'en avais pas qui m'appartinssent; il est justifié par ce que je viens de vous dire de mes bonnes relations avec M. Isambert.

Eh bien, c'est ici une affaire d'indélicatesse sérieuse qu'on a la prétention d'articuler contre moi; c'est même la seule chose sérieuse dont on argue.

Donc, si je ruine par deux simples lignes, si je ruine de fond en comble cette menteuse accusation d'indélicatesse, — d'indélicatesse seule, car MM. Schœlcher et Perrinon ne nient pas que les couverts aient été rendus, — si je détruis ce seul fait sérieux qui m'est imputé, que restera-t-il, je vous le demande, des cinq cents pages de M. Schœlcher?

Quoi? d'inutiles flots d'encre aussi noire que son âme.

Le reste, vous le verrez, ne tiendra pas dix minutes contre mes courtes explications, contre les preuves que j'ai en mains et que j'administrerai.

C'est parceque ce fait des couverts d'argent de M. Isambert est le seul grave articulé contre moi que je le prends le premier corps à corps.

Il est donc vrai, je vous l'ai dit, que j'empruntai à M. Isambert les six couverts en question, comme il est vrai que je les lui ai rendus, ce que personne ne conteste. Mais est-il vrai que je les aie mis en gage?

Non, cent fois non; et à ce propos, comme ma négation ne suffit pas contre l'affirmation de mes ennemis, je n'ai ici qu'à invoquer le témoignage de M. Isambert; je n'ai qu'à reproduire, pour ma complète justification, une irréfutable déclaration de M. Isambert, que quelques-uns d'entre vous, mes amis, connaissent déjà, puisqu'elle date de deux ans, mais qu'on m'oblige de reproduire ici. La voici donc :

« Je n'ai aucune connaissance que M. Bissette ait mis « en gage les couverts dont il s'agit, et qu'il m'a « rendus. »

Signé Isambert.

Cette déclaration a été donnée le 1 mai 1848 par M. Isambert à M. Mayer.

Je faisais suivre cette déclaration des trois lignes suivantes que je reproduis également :

« Voilà qui est positif ; M. Perrinon a avancé un fait « faux, mensonger, calomnieux, sachant qu'il calom- « niait ; il a avancé que M. Isambert s'est engagé à cer- « tifier ce fait mensonger. M. Isambert a répondu que « l'imputation est fausse, etc..... »

Signé Bissette.

Quoi de plus ? Parlerai-je d'une nouvelle lettre de M. Isambert à M. Schœlcher, page 22 ; lettre vague, lettre de généralités, qui ne dément pas le moins du monde la déclaration formelle, précise, donnée à M. Mayer le 1er mai 1848 ?

Evidemment non, je n'ai pas à m'en occuper. Une

déclaration si nette ne comporte plus ni discussion, ni commentaires, ni interprétations. Elle est positive, donc le fait indélicat qui m'était méchamment, calomnieusement imputé, n'est pas ; il est faux et mensonger, je l'ai dit, je le répète, voilà tout.

En terminant cette affaire Isambert, j'arrive naturellement à vous parler, mes amis, de la lettre écrite par M. Perrinon à M. Michel, lieutenant-colonel de la légion d'artillerie de la Seine, par laquelle M. Perrinon, feignant de répondre à un appel de M. Michel, lui dénonce le fait des couverts de M. Isambert.

Bien que cette lettre dénonciatrice et calomnieuse soit à présent complétement détruite par ce qu'on vient de lire, par la déclaration formelle de M. Isambert lui-même, je m'en empare ici pour donner la mesure de la bonne foi et de la véracité de ce militaire français. Elle sera donc deux fois détruite, et par M. Isambert et par M. Perrinon lui-même, comme je vous l'ai dit plus haut, c'est à dire par la lettre originale et non tronquée de M. Perrinon, que j'ai en ma possession. En effet, mes amis, cette lettre, telle qu'elle est imprimée par M. Schœlcher, est presque un faux ; c'est au moins une fausse reproduction, toujours pour les besoins de la cause ; car ce n'est point M. Michel qui avait provoqué la lettre Perrinon, comme voudrait le donner à penser ce dernier ; c'est M. Perrinon qui, s'érigeant en faux dénonciateur, prenait l'initiative et écrivait de son chef à M. Michel.

Je vais le prouver irréfragablement en rapprochant les deux lettres : la fausse et la vraie ; la fausse, faite après coup, et que je vais copier à la page 21 du livre de M. Schœlcher; la vraie, qui est en ma possession, qui est tout entière de la main de M. Perrinon, que j'ai refusé de rendre contre une copie qu'on m'offrait, que j'ai, en un mot, gardée d'autorité, je le déclare ici, parceque je pressentais que j'en aurais besoin un jour.

Je transcris d'abord la fausse lettre publiée par M. Schœlcher :

« Paris, le 31 mars 1848.

« Citoyen,

« Vous avez fait appel à mon témoignage pour éclai-
« rer un fait destiné à fixer l'opinion de vos amis sur la
« moralité d'un homme qui a été victime des haines
« coloniales, et qui depuis a déshonoré son malheur.

« Je me trouve par là dans la fausse position ou de
« manquer à un devoir de convenance, ou de taire la
« vérité. Ce dernier parti aurait, dans les circonstances
« actuelles, les plus graves dangers pour la morale
« publique, et mon choix ne saurait être douteux.

« Je dois vous faire la déclaration suivante :

« Je tiens de la bouche du citoyen Isambert ou de sa
« dame, que le citoyen Bissette leur a emprunté de
« l'argenterie pour donner un repas à quelques-uns de
« ses amis, et qu'il l'a mise au Mont-de-Piété. Le ci-
« toyen Isambert a eu la plus grande peine à rentrer
« dans la possession de ses couverts.

« Salut et fraternité. »

Signé Perrinon.

Eh bien! je déclare que cette lettre, imprimée par M. Schœlcher, n'a jamais été écrite à M. Michel; elle est fausse, je le répète, fausse par le fond, fausse même par la date. Voici la vraie lettre de M. Perrinon :

« Paris, le 20 avril 1848.

« MON CHER AMI,

« J'apprends à l'instant que les élections de l'artille-
« rie vont commencer demain, et que, dans la réunion
« préparatoire qui a eu lieu hier, Bissette a été porté
« comme capitaine d'état-major. Comme je pense que
« l'artillerie n'a pas envie de se déshonorer par un tel
« choix, et que pour ton compte tu ne voudrais pas
« voir ton nom accolé au sien, je t'envoie copie de diffé-
« rentes pièces dont j'ai les originaux, afin que vous
« puissiez être complétement édifié sur le compte de
« Bissette. Je pense que tu as même pour devoir d'en
« donner connaissance à tes camarades de la légion et
« au président des élections.

« J'ai encore d'autres pièces que je n'ai pas le temps
« de recopier; une d'elles, *que j'ai signée,* contient la
« déclaration suivante relative à M. Isambert, et que
« celui-ci *s'est engagé* à certifier :

« Je tiens de la bouche du citoyen Isambert ou de sa
« dame, que le citoyen Bissette leur a emprunté de
« l'argenterie, pour donner un repas à quelques-uns
« de ses amis, et qu'il l'a mise au Mont-de-Piété. Le
« citoyen Isambert a eu la plus grande peine à rentrer
« dans le possession de ses couverts.

« Dans les temps de révolution, où l'écume cherche

« toujours à monter à la surface, il est du devoir des
« honnêtes gens de remplir l'office d'écumeur pour
« nettoyer la République. »

« Tout à toi de cœur et d'amitié. »

Signé A. F. Perrinon.

« *P. S.* Fais-moi savoir quel sera le résultat de la « candidature de Bissette. J'aurai besoin de te voir ce « soir ou demain matin pour causer avec toi avant vos « élections. Donne-moi un rendez-vous à quelque heure « que ce soit. »

Ainsi, on le voit clairement, dans la fausse lettre signée Perrinon et imprimée à la page 21 du livre de M. Schœlcher, M. Perrinon feint de répondre à une interpellation directe ou indirecte de M. Michel. Il semble même, le tartufe, s'y résoudre avec peine. Il dit : « Citoyen, *vous avez fait appel* à mon témoignage... »

Eh bien ! mes amis, il ment, il ment impudemment, cet homme qui porte une épaulette et une croix d'honneur. Et ce n'est pas moi seulement qui lui dis : Vous mentez ; c'est lui-même qui se donne le plus éclatant démenti, qui se porte le coup de grâce par sa vraie lettre du 20 avril 1848, à M. Michel ; lettre spontanée, originale, entièrement de sa plume, que je conserve précieusement, et qui commence ainsi : « Mon cher ami, *j'apprends à l'instant que les élections* » ..... qu'il poursuit de la sorte : « *Je pense que l'artillerie... Je pense que tu as même pour devoir... Je t'envoie copie de différentes pièces....* » etc.

Ainsi, monsieur Perrinon, vous prenez non seulement l'initiative de votre fausse dénonciation ; mais bien plus, vous vous permettez de tracer à M. Michel son devoir; vous vous arrogez, de par votre haine et celle de votre maître Schœlcher, de faire de votre autorité privée des enquêtes de haute morale, d'accuser et de condamner tout à la fois un homme qui vous fait ombrage, que vous détestez avec cette passion, cette violence que tout le monde vous connaît aux Colonies.

En présence de ce flagrant délit, n'avez-vous pas en réserve quelques-unes de ces hypocrites larmes qui coulent si facilement de vos yeux?

Vous la poussez si loin, cette haine, que vous ajoutez un *post scriptum* à votre lettre de peur qu'elle n'apparaisse assez ; et c'est *avant les élections*, où spontanément mes concitoyens doivent me porter comme capitaine d'état-major, que vous voulez voir M. Michel *à quelque heure que ce soit...* dans le but évident et haineux de faire échouer ma candidature.

Voilà l'homme, mes amis, voilà M. Perrinon tout nu, sans ce masque d'austère vertu qu'il veut mettre à vos regards, et que je lui arrache comme on doit l'arracher à tout comédien de haut ou de bas étage qui ment pour diffamer. Mesurez maintenant le degré de confiance que mérite un tel homme au degré de sa bonne foi et de sa loyauté. Cet acte de M. Perrinon, voilà deux ans que je l'ai qualifié, comme vous l'avez pu voir plus haut. Il a accepté en silence cette dure et humiliante qualification. Je prouve, aujourd'hui qu'il m'en fournit une nouvelle occasion, qu'il l'a bien méritée à tous égards.

Cette justice faite, j'essuie ma plume et je poursuis.

Mais, avant de passer à un autre sujet, veut-on que je raconte, puisque cette transition se présente naturellement ici, les petits détails de cet emprunt des couverts de M. Isambert? Les voici :

Je vais m'accuser moi-même de tout ce dont j'ai été coupable, car j'ai eu en ceci le tort, mais le seul tort, d'obéir à un sot mouvement d'orgueil, je le confesse.

Je voulus un jour faire sortir de leur pension et faire dîner chez moi ma nièce, aujourd'hui madame Quiqueron, ma fille et une de leurs compagnes, dont elles avaient reçu des politesses. Avec ma fille et ma nièce je ne me serais point gêné; mon argenterie se trouvant alors au Mont-de-Piété, nous eussions mangé avec des couverts de fer.

Mais, et chacun comprendra ce mouvement d'amour-propre, peut-être exagéré, quoique trop commun à la faiblesse humaine et mondaine, j'aurais souffert d'initier une étrangère à de pénibles secrets domestiques. Partout où les trois jeunes filles sortaient ensemble elles trouvaient de l'argenterie, je voulus qu'elles en trouvassent aussi chez moi. Je courus donc chez M. Isambert; la nécessité donne du courage en pareil moment: je lui fis la petite confession de mon sot orgueil; je lui dis que mon argenterie était au Mont-de-Piété et je le priai de me prêter cinq ou six couverts.

Il me les remit avec empressement. Je les lui rapportai moi-même trois jours après.

Ce sont ces faits que la haine de MM. Schœlcher et Perrinon ramassa et défigura perfidement.

Une fois que dans leur bouche et sous leur plume ces

faits eurent pris les proportions d'une calomnie, il fallut bien que je m'en préoccupasse.

C'est alors que j'envoyai plusieurs personnes s'expliquer sur cette accusation avec M. Isambert d'abord ; c'est alors aussi que M. Isambert déclara le fait faux, à deux reprises, aux citoyens Romey et Velay, Desbrosses, Calmels et Ch. Bissette, mon fils, artilleurs de la garde nationale. Plus tard on sait que cette déclaration verbale fut donnée par écrit par M. Isambert ; on a lu cette déclaration. (V. Annexe B.) Eh bien, je ne m'en contentai pas encore ; M. Perrinon avait mis en avant, même madame Isambert. Madame Isambert répéta la déclaration de son mari à trois autres artilleurs, notamment à M. Taxile Delort, lieutenant d'artillerie, et donna à l'assertion calomniatrice de M. Perrinon le plus formel démenti.

Voilà cette affaire dans ses plus minces détails. Tout cela, je le sais, intéresse fort peu le public. Mais j'avais à venger mon honneur, à détruire jusqu'à l'ombre de la calomnie.

Je l'ai fait. Je poursuis.

II.

Au tour de M. France maintenant.

M. France ! Ce n'est pas sans dégoût, mes chers amis, que je vais vous parler de cet autre militaire français du même calibre à peu près que M. Perrinon. J'éprouve même une certaine hésitation à vous en entretenir, car je serai amené, je le sens, à vous tout divulguer sur lui aussi ; et il est des choses qu'on répugne à publier sur des hommes, surtout qui ont eu, ou ont l'insigne honneur de porter l'épaulette du commandement.

Mais, vous le voyez, j'ai la main forcée. Attaqué dans mon honneur, je vous dois de me défendre publiquement, même en vous donnant la mesure de l'honneur de ceux qui m'attaquent.

M. France donc, dans une lettre qu'imprime M. Schœlcher à la page 20 de son livre, me reproche de lui avoir emprunté 200 fr. ; inutile d'ajouter qu'il ne se reproche pas, à lui, de me les avoir volontairement et amicalement avancés sur plus forte somme qu'il devait recevoir pour moi, *et a effectivement reçue*, quelque temps après, par l'entremise de M. Denis, trésorier de gendarmerie à la Martinique.

Voilà toute la question ; elle est puérile ; elle est indigne de fixer l'attention, puisqu'en définitive elle se résume en ceci : M. France devait recevoir plusieurs sommes pour moi par M. Denis, son subordonné, auquel mes amis confiaient les fonds qu'ils avaient à me faire tenir ; dans cette position, pleine de garanties pour lui, puisque mes fonds lui passent par les mains, M. France me fait une avance de 200 fr. ; cette avance lui est remboursée intégralement ; il le déclare ; peu après, il lui reste même entre les mains 500 francs à moi.... et c'est un tel fait, un fait si simple, si commun dans les relations commerciales et coloniales surtout, qu'on tente perfidement d'exploiter contre moi.

En vérité, ce n'est plus ici de la méchanceté ; c'est de la sottise et de l'aveuglement !

Voilà, mes amis, le fait tout nu, tel qu'il s'est passé,

ni plus ni moins. Je pourrais m'en tenir à cette explication simple et vraie; mais la haine, de ses doigts crochus, a brodé ce fait comme les autres; il me faut bien déchirer son ouvrage; venons aux preuves :

M. France donc écrit à M. Perrinon la lettre que vous savez. Mais qui donc encore provoque cette lettre? Toujours M. Perrinon; et vous allez voir dans quel style haineux et violent, dans quelle forme doucereusement impérative. J'ai l'original suivant entre les mains.

A M. France.

« Paris, 12 avril 1848.

« MONSIEUR,

« *Je fais appel* à votre honneur, et je viens invoquer « votre témoignage pour constater l'acte d'indélica- « tesse dont vous avez accusé le sieur Bissette devant « Schœlcher et devant moi. Il s'agit d'un *émprunt forcé* « de 170 fr., que le sieur Bissette vous aurait fait en « mettant la main sur des piles de pièces de cinq francs « placées sur votre secrétaire, la première ou la seconde « fois qu'il s'est présenté chez vous, à votre retour des « Antilles.

« Ce témoignage *m'est indispensable en ce moment* « pour dévoiler les intrigues de ce misérable, qui ne « recule devant aucun acte de déloyauté pour jeter de « la défiance et de la défaveur sur des hommes qui font « partie de la commission d'abolition.

« *Je connais* trop votre dévouement à la cause des

« noirs, à laquelle vous avez donné tant de preuves, « *pour douter un seul instant que vous vous refuserez à* « *vous rendre à la* PRIÈRE *que je vous adresse.* »

Signé A. F. PERRINON.

D'un autre côté, le 26 mars, seize jours avant la lettre qu'on vient de lire, M. Schœlcher, alors plus puissant que jamais en sa qualité de sous-secrétaire d'Etat au ministère de la marine, envoyait, écrite de sa main, la boutade suivante à M. France. C'est encore une pièce originale qui est en ma possession.

A M. France.

« 26 mars, dimanche.

« Cabinet du sous-secrétaire d'Etat.

« CITOYEN,

« Une lettre très pressante sera écrite demain *par le* « *ministre de la marine* (lisez par V. Schœlcher) au mi-« nistre des travaux publics, pour appuyer *votre de-* « *mande.* C'est justice ; car vous avez rendu de verita-« bles et courageux services à la cause de l'abolition « pendant votre séjour à la Martinique, où vous avez « été odieusement sacrifié.

« Je suis obligé de dire cela, *quoique tout reste* « *rompu entre nous.* »

Signé V. SCHŒLCHER.

Or, pourquoi cette boutade et pourquoi cet appui tout à la fois? Voici le mot de cette énigme :

Evidemment M. Schœlcher, avant M. Perrinon, avait fait un premier *appel* à M. France, pour en obtenir une lettre contre moi. M. France, obéissant d'abord à d'honnêtes scrupules, avait refusé, au risque de déplaire à M. Schœlcher, ce qui arrive en effet, puisque quelque temps après ce dernier va lui dire que tout *reste rompu* entre eux.

Sur ces entrefaites, M. France, alors employé des chemins de fer, voulant obtenir soit une mutation, soit de l'avancement, adresse sa demande au ministre des travaux publics, et en même temps une demande d'appui au ministre de la marine.

M. Schœlcher, quoique toujours fâché, est trop adroit pour se venger par un refus : il accorde l'appui sollicité, en rappelant toutefois au pétitionnaire *que tout* RESTE *rompu* entre eux.

M. France, satisfait de M. Schœlcher, reçoit alors, seize jours après, l'*appel* Perrinon, qui n'est qu'un appel Schœlcher déguisé. Il se croit lié par la reconnaissance, et a enfin la faiblesse de se rendre à la PRIÈRE de M. Piquion dit Perrinon.

Mais le repentir ne tardera pas chez M. France, et le cri de la conscience va s'élever chez lui, haut et fort, contre une coupable complaisance.

Vous allez en avoir la preuve irréfragable quand vous verrez ce pauvre M. France, d'abord forcé de se rendre aux injonctions de ces Messieurs, dont il avait besoin pour obtenir ce qu'il demandait, renier spontanément et par devoir de conscience, cette fois, sans provocation, sans sollicitation aucune, renier, dis-je, entre mes mains sa première lettre de la manière la plus formelle.

Lisez et jugez.

« Paris, 4 janvier 1849.

« MON CHER MONSIEUR BISSETTE,

« *Je suis informé* que lors des élections, M. Perrinon « s'est servi d'une lettre que je lui ai adressée, pour « motiver *un propos calomnieux contre votre probité.*

« Comme *on* m'en rend ainsi solidaire, permettez-« moi de m'en justifier, *en rétablissant et en rectifiant* « *les faits.*

« M. Schœlcher m'ayant demandé dans le temps, « *dans un but que je ne connaissais pas,* en présence, je « crois, de M. Perrinon, s'il était vrai que vous eussiez « pris sur mon secrétaire une somme de 170 fr.; je lui « ai dit de vive voix, comme dans ma réponse d'Issou-« dun à la même demande, qu'il m'a adressée de Paris, « que *vous m'aviez demandé* de vous prêter une somme « de 200 fr., qui se trouvait sur ma commode; que, « D'APRES MON CONSENTEMENT DONNÉ AUSSITOT AVEC PLAI-« SIR, vous aviez pris immédiatement cette somme, *des-« tinée à payer des publications* que vous faisiez dans « l'intérêt des esclaves, et que vous m'aviez tenu compte « de cet argent.

« Voilà, mon cher monsieur Bissette, *l'expression de* « *la vérité telle qu'elle se trouve dans la réponse que j'ai* « *faite d'Issoudun à M. Perrinon*, dont la lettre se « trouve entre vos mains.

« VOILA LES FAITS QU'ON A DÉNATURÉS POUR VOUS NUIRE.

« Je n'ai pas besoin de vous dire que je donne *un dé-*
« *menti* à toute autre raison ; et que *je m'indigne du*
« *rôle qu'on a voulu me faire jouer dans cette circons-*
« *tance.*

« Agréez, mon cher monsieur Bissette, l'hommage de
« mon estime et, je le répète avec plaisir, les senti-
« ments de mon entier devouement.

« *Le représentant suppléant de la Martinique, ex-chef d'escadron de gendarmerie coloniale.* »

Signé FRANCE.

Mes amis, après une telle lettre, que je n'ai pas sollicitée, moi, à l'instar des Schœlcher et Perrinon, qui seront sans doute bien mortifiés d'en subir la lecture, il faut tirer l'échelle, comme on dit.

En présence d'une lettre spontanée aussi formelle, aussi écrasante pour mes adversaires, je dois tenir et je tiens pour apocryphe et fabriquée pour les besoins de leur vilaine cause, la lettre signée FRANCE, que publie M. Schœlcher, à la page 20 de son livre.

Je n'ajoute aucuns commentaires : ils seraient trop forts ou trop faibles !

Silence donc sur ces lettres ; la chose est jugée, n'est-ce pas ?

Je veux pourtant, sur le prêt des 200 francs, être plus explicite que M. France lui-même.

Pour cela établissons mes relations avec lui.

En décembre 1845 M. France arrivait de la Martinique.

A cette époque je publiais, sous le titre de *Lettres politiques sur les colonies et sur l'esclavage*, un recueil assez instructif sur la question de l'abolition de l'esclavage. J'avais reçu de la Martinique plusieurs documents émanant de M. France. A son arrivée à Paris je n'avais pas encore publié ces documents. La livraison du recueil qui les contenait était en composition, mais le tirage n'était pas fait.

M. France s'entretint chez lui et chez moi des choses coloniales, et bientôt je lui fis part de ma gêne extrême, seul motif qui m'empêchait de publier plus régulièrement des livraisons contenant des faits utiles à la cause de l'affranchissement. M. France alors m'apprit, ce que j'ignorais encore, qu'il avait autorisé mes amis et compatriotes à verser dans les mains de M. Denis, trésorier de gendarmerie, tous les fonds qu'ils auraient à m'adresser, provenant de la vente de mes brochures à la Martinique; et qu'il s'était chargé, lui, M. France, de me compter ces fonds à Paris. C'est ce qui ressort de ma correspondance.

Déjà une somme de 500 francs, remise à M. France, m'avait été adressée par une traite sur le Trésor à l'ordre de M. France et passée par endos à mon ordre. M. France me dit qu'il avait autorisé ce moyen afin de faciliter la remise de mes fonds et de me mettre ainsi à même de faire paraître d'une manière régulière mes livraisons des *Lettres politiques*.

Pressé de publier la nouvelle livraison, la quatrième, pour laquelle une foule de faits avaient été fournis par M. France, je lui dis que l'argent me manquait en ce moment, et que s'il voulait m'avancer 200 francs pour cette impression, je les lui rembourserais sur les premières remises qui m'arriveraient, soit par son entremise soit par ailleurs. Il y consentit sans difficulté, et me remit aussitôt les 200 francs, qu'il prit dans un sac d'argent qui était dans le tiroir de sa commode.

Au mois de mai suivant M. France n'avait rien reçu pour moi des colonies. Il était destitué de ses fonctions et mis à la retraite. Pressé d'argent à son tour, il me proposa, pour le rembourser de ses 200 francs, de souscrire à l'ordre de Sirou et Desquers, imprimeurs, un billet de 140 francs, pour autant qu'il devait à ces messieurs en frais d'impressions et de le solder par 60 francs argent; j'acceptai. Le lendemain même de cette proposition je remis les 60 francs à M. France, et souscrivis à MM. Sirou et Desquers le billet de 140 francs, payable à quinze jours.

Quelques jours après je reçus avis qu'un solde de compte, montant à 129 fr., avait été déposé entre les mains du trésorier de gendarmerie de la Martinique, et que M. France était chargé de me faire parvenir ces fonds.

J'en donnai aussitôt avis à M. France, en lui proposant de me remettre mon effet, ordre Sirou et Desquers, contre le reçu de 129 francs de son trésorier, reçu que je lui adressai dans ma lettre. Il accepta par une lettre que j'ai gardée, et moyennant 11 francs d'appoint, (différence de 129 à 140) que je lui remis moi-même, mon effet de 140 francs fut acquitté.

Peu après deux nouvelles remises furent faites au trésorier de gendarmerie de la Martinique par les correspondants chargés de la vente de mes brochures;

l'une de 300 fr. par M. E. Laroche; l'autre de 200 fr. par M. G. Waddy ; somme égale 500 fr.

M. France, qui devait me compter ces 500 fr. comme les sommes précédentes, et en échange des deux reçus de versements faits entre les mains de son trésorier, m'écrivit cette fois de Nancy, qu'il habitait alors, qu'il escompterait ces 500 francs à 5 0/0 pour six mois ; et qu'outre cet escompte, tout nouveau pour moi puisqu'il n'en avait jamais été question, il retiendrait encore 50 francs qui lui étaient dus par quelques-uns de mes compatriotes, ses amis, pour insertion d'une lettre dans le *Journal des Débats*, lettre qui ne me regardait nullement et concernait ces Messieurs, qui l'avaient chargé de faire imprimer leur prose dans un journal quelconque.

Je consentis à tout, même à cette dernière déduction, quoiqu'elle ne me regardât point. Mais il s'agissait de quelques-uns de mes compatriotes ; je ne crus pas devoir discuter avec un étranger pour 50 francs. J'aimai mieux les payer, bien que ne les devant pas. Le procédé de M. France ne fut pas approuvé dans la Colonie. On fut quelque peu blessé de cette lésinerie de sa part, ainsi qu'il ressort encore de ma correspondance.

Quoi qu'il en soit, je ne parlai point à M. France de cette circonstance ; il ignorait ce qui m'avait été écrit et je ne cessai pas mes bonnes relations avec lui. Rien de tout ce qui s'était passé entre nous ne pouvait me déterminer à agir avec lui autrement que j'avais agi jusque-là. Il revint à Paris ; il eut besoin de mes services, de ceux de mon fils, notamment à propos de réclames pour son livre, réclames qu'il produisait sous toutes les formes. Nos services ne lui ont pas manqué ;

il le sait fort bien, sans que je m'étende davantage sur ce point.

Il résulte de ce qui précède et de mes relations avec M. France que j'ai dû être fort surpris de sa lettre à M. Perrinon. Je ne me rends compte de la conduite de ce militaire que par l'extrême faiblesse de son caractère, par le besoin momentané qu'il a eu en mars et avril 1848 de MM. Schœlcher et Perrinon, et enfin par le peu de consistance de ses opinions personnelles.

M. France s'est souvent plaint à moi de M. Perrinon, qui ne lui rendait pas compte des exemplaires de son livre, envoyés par lui, Perrinon, aux colonies.

M. France, qui ne m'a jamais entretenu de son livre, *œuvre philantropique,* que commercialement et comme spéculation, s'est beaucoup plaint encore de mes compatriotes, qui, disait-il, ne répondaient pas à tout ce qu'ils lui avaient promis à son départ de la colonie. Mais, on le comprend, toutes ces choses m'étaient étrangères, me touchaient fort médiocrement. Pour mon compte je n'avais fait aucune promesse d'argent ou autre à M. France. Je n'avais point à m'immiscer dans ses affaires. Il m'avait prêté 200 fr. sur des fonds qu'il recevait pour moi ; je les lui avais rendus ; j'avais même payé 50 fr. que je ne devais pas ; je ne lui ai, de plus, jamais réclamé certains petits frais qu'il m'a prié d'avancer pour lui, et dont je suis prêt à justifier. Voilà toutes nos relations.

Maintenant que, par l'intermédiaire de M. Perrinon, M. France se fasse solliciteur auprès de SON EXCELLENCE *le citoyen* Schœlcher pour avoir une autre direction que celle qu'il occupait à Issoudun; que, dans une de ses boutades contre moi, qui ne pouvais rien faire pour la réussite de sa demande, ce brave militaire fasse et écrive, sous la dictée de M. Perrinon, toutes les sottises qu'il lui plaît de faire et d'écrire, soit, je n'en peux mais..... On a vu, par l'éclatant démenti que se donne à lui-même M. France dans sa lettre spontanée du 4 janvier 1849 (page 27), quel cas il faut faire de sa première lettre, si première lettre il y a eu.

Voici enfin, pour achever de peindre l'homme, trois lettres qu'il m'adresse; les deux premières à la Martinique, la dernière à Paris, depuis mon retour des colonies.

« Paris, 8 septembre 1849.

« MONSIEUR BISSETTE,

« Les promesses que vous m'avez faites de me servir « se sont ensevelies dans les flots qui séparent la mé- « tropole de la Martinique ! Quel usage avez-vous fait, « je l'ignore, des bulletins que je vous ai fait parvenir « portant votre nom et le mien, pour seconder vos in- « tentions de m'être utile ?

. . . .

« Dans le cas où, comme je l'espère, il vous convien- « drait de vous vouer (*sic*) à ma nomination, je m'en- « gage *sur l'honneur* (*sic*) de vous faire l'abandon de « six mois de mon traitement de représentant, dont « vous disposerez comme vous le jugerez convenable.

. . . .

« Je vous rappellerai en terminant cette lettre que

« l'option de M. Schœlcher fût tellement haineuse que
« je n'ai été privé des bénéfices de la représentation
« que parceque je n'avais pas été lui rendre visite
« et que j'avais des rapports avec vous, ainsi qu'il l'a
« dit à un homme digne de foi, qui m'en a donné con-
« naissance.

« Vous trouverez sous ce pli deux lettres qui lui ont
« été écrites par M. Corneillet Dupuy, auquel j'ai
« donné une délégation pour lui faire la réclamation de
« 100 francs, montant de cinquante exemplaires de ma
« publication de 1846, intitulée : *La vérité et les faits*.
« ou *l'Esclavage à nu*, qu'il m'a demandé (*sic*), et dont
« je n'aurais certes pas exigé le paiement s'il avait eu
« de meilleurs procédés envers moi.

« Vous trouverez aussi une lettre que j'ai écrite à
« l'*ignoble M. Perrinon*, que je vous autorise à publier
« dans les journaux des colonies.

« Dans l'attente d'une acceptation de ma proposi-
« tion, je vous prie d'agréer, Monsieur, l'assurance de
« ma parfaite considération et de mon dévouement.

« *Le chef d'escadron en retraite, officier*
« *de la Légion-d'Honneur*, »

Signé FRANCE.

Autre lettre de M. France.

« Paris, 20 octobre 1849.

« MONSIEUR BISSETTE,

« Par ma lettre du 8 septembre dernier (celle qu'on
« vient de lire), je vous ai rappelé vos torts envers moi,

« en vous faisant connaître que si vous vouliez me faire
« nommer représentant à la Guadeloupe, je prenais *sur*
« *l'honneur* (*sic*) l'engagement de vous faire l'abandon
« de six mois de mon traitement, dont vous disposeriez
« comme vous le jugeriez à propos.

« Maintenant que les sanglantes élections de la Guadeloupe sont annulées, *je vous réitère cet engagement*
« *de vous remettre les six premiers mois de mon traitement de représentant, si vous me faites élire dans*
« *cette colonie.*

« Vous me dédommagerez par là des pertes que vous
« m'avez occasionnées pour vous avoir rendu service
« (allusion aux malversations de M. Denis, trésorier de
« gendarmerie à la Martinique), pertes dont je ne vous
« tiendrai pas quitte si vous n'agissez pas comme vous
« le devez en ma faveur. Vous me dédommagerez aussi
« par ce moyen des sacrifices que j'ai fait (*sic*) pour
« la cause de l'humanité, et me vengerez en même
« temps de la haine de MM. Schœlcher et Perrinon, nos
« deux ennemis communs; inimitiée (*sic*) que je ne
« dois qu'aux rapports que j'avais conservés avec vous,
« et pour vous avoir défendu contre des attaques qu'ils
« ont dirigées depuis votre départ contre vous. »

Signé FRANCE.

Et comme je n'avais pas cru devoir même répondre, comme on le pense bien, à de telles ouvertures, à de si dégoûtantes propositions, je reçus, à peine arrivé à Paris, la troisième lettre qu'on va lire du même M. France.

« A Albestroff, 12 février 1850.

« MONSIEUR,

« J'ai quitté Paris il y a bientôt deux mois pour venir « passer l'hiver à la campagne; et comme je viens « d'apprendre votre retour en France, je me hâte de « vous écrire pour vous dire que je regrette la ligne de « conduite que vous avez tenue à mon égard. Je viens » rappeler à votre attention les différentes lettres que je « vous ai adressées aux Antilles, sans avoir reçu de ré- « ponse. Je ne suis pas habitué à ce manque de pro- « cédé... etc...

« . . . . J'ai dû écrire plusieurs fois très sévèrement « à M. Schœlcher pour lui faire sentir son indigne pro- » cédé envers moi et aussi pour lui réclamer, ainsi qu'à « son digne ami Perrinon, le montant des cent exem- « plaires de ma publication, qu'ils m'ont demandés et « *dont j'attends encore le paiement.*

« J'ai demandé à M. Schœlcher dans une de mes let- « tres s'il voulait suivre les funestes exemples que lui « a légués son père, ancien moine de Cîteaux, plus tard « marchand de faïence sur les boulevarts, *qui a frustré* « *ses créanciers pour l'enrichir.* Cette lettre est restée « sans réponse, comme la dernière à la date du 30 dé- « cembre, dont je vous ai envoyé copie à la Guade- « loupe, et que vous trouverez ci-après:

A M. V. Schœlcher, homme de lettres.

« Copie.

« MONSIEUR,

« Je suis toujours dans l'attente des cent francs que « vous me devez, on ne peut pas plus légitimement, « pour les cinquante exemplaires de ma publication, « que vous m'avez demandé *(sic)*.

« La conduite que vous avez tenue à mon égard est « non seulement celle d'un homme méchant et orgueil- « leux, mais encore celle *d'un misérable qui mérite le* « *mépris public.*

« Je vous préviens pour la dernière fois que si vous « ne m'envoyé *(sic)* pas immédiatement cette somme, « que *(sic)* je vous signalerai fidèlement *(sic)* dans les « Antilles, en laissant ensuite à Dieu le soin de ma ven- « geance, qui ne s'est jamais guère fait attendre envers « les hommes qui, comme vous, ont été d'une injustice « révoltante envers moi *(sic)*.

« Signé, *le chef d'escadron en retraite,*
« *officier de la Légion-d'Honneur.* »

FRANCE.

J'en ai enfin fini, mes chers amis, avec M. France.

Vous avez vu qu'après avoir détruit de lui-même, de la manière la plus formelle, la plus énergique, sa lettre à M. Perrinon, il a justifié de tous points le portrait que tout d'abord je vous avais esquissé de son caractère et de sa délicatesse, pour ne pas dire plus. Passons.

III.

Et arrivons à M. Droz.

M. Droz, parcequ'il prétend m'avoir prêté quinze francs, s'est cru en droit de m'injurier, dans une lettre particulière, intime! Et c'est ce bout de lettre que M. Schœlcher exhume aussi je ne sais d'où!

Et voilà qu'il faut que je me justifie de l'appellation insolente et imméritée d'un homme que je ne connais pas, que je cherche depuis deux années, qui est invisible, insaisissable pour moi, et dont les prétendus 15 francs m'en ont déjà coûté 30!

En vérité j'hésite par moment, tant ces choses sont puériles, sans valeur et sans portée.

M. Droz donc, puisque Droz il y a, prétend m'avoir prêté 15 francs, et parceque je ne lui aurais pas rendu cette bagatelle au jour fixé, il se permet de m'insulter!...Voilà tout. Or les insultes n'ont de portée que par les hommes qui les donnent et par les motifs qui les font donner.

Cela fait lever les épaules, rien de plus.

Eh bien! faut-il vous le dire, mes amis, j'ai beau fouiller dans tous les coins et recoins de ma mémoire, je ne connais pas ce M. Droz, ou je ne me le rappelle pas si je l'ai jamais connu; voilà la vérité. N'importe; on me reprochait ces 15 francs, qu'ai-je fait? j'ai fait chercher dans tout Paris, par un de mes amis, ce M. Droz; vaines démarches! Une fois, deux fois, j'ai cru avoir mis la main dessus chez M. de Jabrun notamment, qui cherchait, lui aussi, un personnage de ce nom pour régler la pension d'un jeune créole de la Guadeloupe; il m'a toujours échappé comme une ombre ; et, à l'heure où j'écris ces lignes, il n'y a aucune espèce de Droz au monde pour moi.

Cependant, à deux reprises différentes, lorsque j'ai cru l'avoir enfin découvert, j'ai donné deux fois 15 francs à deux personnes différentes, que je pourrais nommer au besoin, afin qu'elles les lui remissent contre son reçu. Je tenais beaucoup à avoir ce reçu, que j'aurais même payé plus cher, au besoin, pour découvrir mon homme, le Droz insaisissable de MM. Schœlcher et Perrinon. J'ai perdu les 30 francs sans avoir trouvé mon prétendu créancier. Les derniers 15 francs, en effet, ont été remis, non à M. Droz, mais à une tierce personne, qui a délivré un reçu par délégation.

Voilà, j'espère, une affaire de 15 francs qui valait la peine d'être révélée au public !

IV.

Je passe à M. Lavocat.

M. Lavocat, dans une longue lettre qu'imprime M. Schœlcher à la page 16 de son livre et que M. Schœlcher en personne, cette fois, est allé solliciter de lui, — sollicitation à laquelle s'est trop complaisamment rendu un créancier mécontent ; — M. Lavocat, dis-je, dans cette longue lettre, qui pourrait passer pour un réquisitoire complet, me reproche de lui avoir emprunté 200 fr. et d'avoir gardé en totalité un billet à ordre de 1,000 fr. sur lequel je ne devais, dit-il, prendre que les 200 fr. susdits. Voilà sa version.

Je vais établir, moi, pièces en mains, l'impossibilité de cette prétention tardive et la légèreté au moins de cette accusation, si bien provoquée, si bien exploitée par la maison Schœlcher et Compagnie.

Non, ce n'est pas 200 francs que je suis allé demander à M. Lavocat, en juin 1832 ; non, ce n'est pas 200 francs qu'il m'a seulement autorisé alors à prendre sur un prétendu billet de 1,000 francs.

Voici la vérité, toute la vérité :

En 1832, mes amis, j'étais sous le coup d'une contrainte par corps, à la requête de M. Dehaynin, pour une somme de 800 francs en capital.

Je ne le dis pas seulement pour le besoin de ma défense ; je le prouve par la pièce suivante, que j'ai conservée et dont je ne cite que les passages saillants :

« Commandement tendant à prise de corps.

« L'an 1831 et le 20 octobre, à la requête de M. De-« haynin, négociant..... j'ai huissier soussigné, signifié « et laissé copie à M. Bissette d'un jugement rendu « par le tribunal de commerce du département de la « Seine, séant à Paris, le 13 mai 1830, au profit du re-« quérant contre le susnommé, portant condamnation, « *même par corps*, de la somme principale de huit « cents francs, avec intérêts et dépens..... etc.... »

Signé Cabit.

Sous e coup donc de cette contrainte par corps ; de plus, compromis dans ma légion à l'occasion des affaires des 5 et 6 juin 1832, j'avais tout à la fois à redouter une arrestation pour cause politique, en même temps que l'exécution de la contrainte par corps en matière civile pour les 800 francs de M. Dehaynin.

On verra plus bas quels hommes, mes adversaires aujourd'hui, m'avaient fait cette position de gêne excessive, qui compromettait même ma liberté.

Poursuivons :

Depuis plusieurs mois le commandement m'était signifié. J'avais obtenu des délais pour le paiement lorsque je reçus avis, de l'huissier poursuivant, M. Cabit, de me mettre en mesure de satisfaire à la demande de mon créancier, si je voulais éviter l'effet immédiat de la contrainte par corps.

C'est alors que ne pouvant plus reculer, j'eus recours à M. Lavocat, que je connaissais depuis plus de cinq ans, et avec lequel j'étais en rapport, sinon d'intimité du moins de communion politique. Il connaissait mon infortune politique ; plus d'une fois il m'avait témoigné toute sa sympathie. Je crus pouvoir m'adresser à lui. Je lui exposai ma position... Sans hésiter, il ouvrit un énorme portefeuille et me remit un effet de 1,054 fr. 55 c., à son ordre, payable en province, à Dreux, je crois.

M. Lavocat me fit en même temps souscrire une reconnaissance sous sa dictée, conçue à peu près en ces termes :

« Je reconnais devoir et promets de payer à M. La-
« vocat, ou à son ordre, la somme de 1,054 fr. 55 c.
« qu'il m'a obligemment prêtée en un effet de cette
« valeur, souscrit par N... à l'ordre de N... et en-
« dossé par M. Lavocat, payable à Dreux, au domicile
« de N..., etc.... »

Signé Bissette.

Paris, 7 juin 1832.

Que la raison, que le bon sens le plus vulgaire, le plus épais, prononce maintenant. En présence de ma position, de ma liberté compromise pour une somme de 800 francs, était-ce 200 francs que je pouvais aller emprunter à M. Lavocat? En présence de cette reconnaissance, dictée par lui, pouvait-il être question seulement de 200 francs?...

Continuons :

En me remettant cette somme de 1,054 fr. 55 c., et non de 1000 fr., comme il l'écrit aujourd'hui, M. Lavocat m'indiqua deux maisons de commerce de Paris chez lesquelles je pourrais en opérer la négociation, car c'était sur l'heure qu'il me fallait les 800 francs pour sauver ma liberté. J'échouai dans les deux maisons. Le temps pressant, et n'ayant pas une minute à perdre, je me confiai à un intermédiaire pour trouver de l'argent contre cet effet. Le soir même j'obtins ainsi 500 francs, que je remis immédiatement à mon créancier avec promesse de compléter les 800 francs dans deux jours. Le lendemain 8 juin, je me procurai avec la même garantie 300 francs pour complément de ma dette, et le même jour mon créancier les touchait.

Le principal de la créance ainsi payé, j'obtins facilement un délai pour les intérêts et frais.

Toutes choses dont justifie l'acte suivant, passé en l'étude de l'huissier, à la date du 8 juin 1832. La date de cette pièce, entièrement écrite de la main de l'huissier, cadre parfaitement, on le voit, avec celles des 5 et 6 juin 1832, époque de ma rencontre sur le boulevart Mazas avec M. Lavocat.

« Je soussigné, déclare avoir payé ce jour trois cents

« francs, qui avec cinq cents francs déjà payés, forment « la somme de huit cents francs, à valoir sur la créance « de M. Dehaynin, jugement du Tribunal de Commerce « de Paris, du 13 mai 1830, enregistré et signifié.

« Laquelle somme j'impute sur les frais faits, liquidés « et non liquidés, ensuite sur les intérêts, et en dernier « lieu sur le capital de huit cents francs, promettant « terminer d'ici à quinze jours.

« Pour imputation. »

Signé BISSETTE.

Fait à Paris, le 8 juin 1832.

Inutile d'ajouter que je n'avais obtenu ces 800 francs avec l'effet Lavocat qu'au prix d'un grand sacrifice. Je perdis environ 150 francs sur cet effet de 1054 francs 55 centimes pour me procurer cette somme. L'appoint me fut fait longtemps après.

Plus tard M. Lavocat ayant remis à M. Walker l'obligation qu'il m'avait fait souscrire en échange de l'effet de 1054 francs 55 centimes *obligeamment prêté*, M. Walker, son mandataire, me fit signer des traites pour 814 francs 55 cent. Contre ces lettres de change d'une part, et de l'autre 240 francs, argent, que je remis en même temps à M. Walker, l'obligation souscrite par moi le 7 juin à l'ordre de M. Lavocat me fut remise.

Des circonstances malheureuses, pénibles à divulguer quand il s'agit d'amis, de compatriotes, de coreligionnaires politiques, furent par moi confiées à M. Lavocat, dans son cabinet, alors rue du Gros-Chenet; je le fis à mon corps défendant, mais j'avais besoin de justifier le long terme que je mettais à m'acquitter envers lui. Il comprit ou parut comprendre mes embarras de position et d'argent, et la source délicate de ces embarras, seuls mais tout puissants motifs qui avaient retardé mon entière libération. Il renvoya cette libération à des temps plus heureux, parut comprendre, je le répète, que, comme toujours, j'étais victime de ma générosité, de mon dévoûment, et usa même d'une grande délicatesse avec moi. Il m'écrivit dans ce sens une lettre pleine de bienveillance, que malheureusement je ne retrouve pas dans mes nombreux papiers, et plus tard me fit écrire par son fils. La lettre du fils est à peu près la reproduction de celle du père ; la voici :

« Vendredi matin.

« Monsieur,

« Je suis venu hier pour avoir l'honneur de vous
« rappeler la dette que vous avez contractée envers
« mon père.

« Ce dernier m'a transporté les reconnaissances que
« vous lui avez souscrites et m'a chargé de les recou-
« vrer le plus promptement possible. Je viens aujour-
« d'hui, Monsieur, vous prier de faire face à vos enga-
« gements.

« Je vous prie de croire, Monsieur, que j'agirai tou-
« jours dans cette affaire de manière à ne vous contra-
« rier en rien, si je m'aperçois de l'empressement que
« vous devrez mettre à me rembourser.

« M. Henry Walker, qui m'a remis vos lettres de
« change me marque que vous avez déjà payé 240 fr.
« le 13 janvier 1833 ; il vous reste donc à rembourser
« 814 fr. 55 cent.

« Pour vous prouver, Monsieur, que j'ai le plus vif
« désir de vous être peu à charge, je consentirai à rece-
« voir cette somme par parcelles, de mois en mois.

« Ainsi, Monsieur, je vous demande cent francs pour
« aujourd'hui, persuadé que vous vous conformerez en-
« tièrement à mes intentions ; ne serait-ce que 50 fr.,
« Monsieur, cela prouvera à mon père que vous faites
« des efforts pour vous libérer envers lui.

« J'irai donc demain, Monsieur, à votre domicile tou-
« cher une de ces deux sommes ; je vous prie de la faire
« tenir prête.

« En attendant, Monsieur, c'est avec les sentiments
« les plus distingués que j'ai l'honneur d'être votre dé-
« voué et obéissant serviteur. »

Signé LUCIEN LAVOCAT.

Cette lettre est pressante ; mais est-elle désobligeante, accusatrice ? N'y voit-on pas au contraire un créancier attentionné, délicat, qui tient compte des confidences que je lui ai faites, qui de lui-même entre dans ma position, *témoigne du plus vif désir de m'être peu à charge,* et prend l'initiative pour me tracer un mode facile de libération ?

Aujourd'hui on a fait dire à M. Lavocat : d'abord qu'il m'avait donné un billet de 1,000 fr. pour le changer, ne garder que 200 fr., et que j'ai tout retenu. C'est la première version qu'on a perfidement répandue ; par 1,000 fr. on entendait ou on voulait donner à entendre un billet de banque. Mais M. Lavocat n'a pas soutenu cette calomnie. Alors on a imaginé la seconde version, qui consistait à dire que l'effet de 1,054 fr. 55 c. devait être négocié par moi, que je ne devais en user que pour 200 fr., etc......

Cette prétention n'est appuyée sur aucune preuve, et toutes celles que j'administre démontrent le contraire. Les lecteurs apprécieront.

Si M. Lavocat avait entendu ne me prêter que 200 fr., pourquoi donc me fit-il souscrire une obligation de 1,054 fr. 55 c., *obligeamment prêtés?*

Pourquoi a-t-il fait novation de son premier titre contre des lettres de change, pour 814 fr. 55 cent., et 240 fr. écus par moi remis à son mandataire, M. Walker?

Assurément si cette condition de ne me prêter que 200 fr. avait été un seul instant dans les paroles ou dans la pensée même de M. Lavocat, il m'eût dicté les termes de l'obligation qu'il me fit souscrire à son ordre tout autrement qu'il ne le fit.

Son affirmation d'aujourd'hui, sollicitée par MM. Schœlcher et Perrinon, ne saurait donc prévaloir contre ma négation. Son affirmation accusatrice est non seulement en contradiction avec la lettre de son fils, mais encore avec les faits accomplis, les circonstances, les chiffres, le bon sens. Son affirmation est seule ; ma négation formelle n'est pas isolée ; elle s'appuie sur des pièces que je produis, sur des raisons péremptoires qu'on vient de lire.

L'opinion publique prononcera entre nous. Ma conscience est tranquille et ne me reproche rien.

Un autre fait qui infirmera la confiance qu'on pourrait accorder tout d'abord aux dires de M. Lavocat, est celui-ci : M. Lavocat a déclaré qu'il m'avait fait une scène désagréable chez M. Isambert, et que je fus obligé de me retirer devant lui. Ce mensonge ne put se soutenir longtemps : M. Isambert a répondu par lettre signée que je produirai plus bas que jamais pareille scène n'avait eu lieu dans sa maison.

Voilà, mes amis, cette fameuse affaire Lavocat ; la voilà analysée, disséquée avec le scalpel de la vérité. Je me suis efforcé, en recueillant tous mes souvenirs et les pièces que providentiellement j'ai conservées, de la marquer, cette vérité, au coin des plus minutieux et des plus exacts détails qu'il m'a été possible.

Mais avant de passer aux derniers faits qui me sont reprochés dans le factum Schœlcher, je n'oublie pas que je me suis engagé plus haut, dans la narration de l'affaire Lavocat, à faire connaître enfin quels sont les hommes, mes adversaires aujourd'hui, jadis mes amis, qui m'avaient créé, dès 1829, cet état de gêne presque continu dans lequel j'ai si longtemps vécu, sans faire jamais entendre des paroles d'amertume, des accusations pourtant fondées.

C'est ici le lieu d'en parler publiquement, puisqu'ils l'ont voulu ; c'est ici le lieu d'interroger aussi le silence du cabinet de M. Lavocat et de lui faire redire tout haut ces *circonstances malheureuses, pénibles à divulguer*, quand il s'agit d'amis, de compatriotes, d'anciens coreligionnaires politiques, circonstances que dès cette époque éloignée j'allai confier à sa discrétion, à sa délicatesse. Lui-même aujourd'hui jugera si à cette époque j'ai chargé la vérité.

Mes amis, je vous ai souvent parlé de ma gêne en France, et des emprunts que cette gêne m'a mis dans la dure obligation de contracter, car j'aurais mieux aimé la mort que de recourir à des moyens honteux ou coupables pour me procurer ce qu'il me fallait alors et pour vous, et pour moi.

Je vous dois, aujourd'hui qu'on vous accuse en m'accusant, moi, votre représentant, moi, à qui vous avez unanimement décerné, pour récompense de mon long martyre, un nom plus doux, plus précieux, plus cher à mon cœur, le nom de père, ce nom que vous avez trouvé dans la sublime naïveté de vos cœurs aimants et reconnaissants, je vous dois, dis-je, la source et les motifs de cette gêne excessive et prolongée, que vous n'avez pas soupçonnée, que vous ne pouviez soupçonner, à l'exception de quelques-uns d'entre vous seulement.

Vous ne le pouviez pas, car vous avez toujours vécu dans la ferme croyance que vos généreuses offrandes me parvenaient fidèlement, que votre mandataire particulier en France touchait régulièrement le traitement qu'à ce titre mes concitoyens mulâtres et noirs devaient me faire. Vous avez su que ce traitement avait été fixé à 6,000 francs; comment donc pouvais-je être dans la nécessité d'emprunter, avec 6,000 fr. par an?

Comment? Parceque ces 6,000 francs ne me parvenaient pas, ou ne me parvenaient qu'en faible partie.

Comment? Parceque ceux qui, là bas honorés de votre pleine confiance, placés à votre tête, recueillaient dans les villes et les campagnes vos généreux dons en mon nom... les gardaient en grande partie.

A l'appui de cette accusation, je citerai des chiffres, des lettres, des reçus; quelques-uns d'abord dans cette réponse; d'autres plus tard, si l'on m'y pousse. Car, qu'on ne l'oublie pas, j'ai les mains pleines de preuves; j'ai là, dans mes cartons, la valeur respective et morale de ces hommes que cite avec complaisance aujourd'hui M. Schœlcher, comme mes adversaires politiques, comme ses adhérents. Il en nomme une vingtaine environ dont la plupart me sont parfaitement inconnus. Je ne les passerai donc point tous en revue, je ne veux point du reste descendre à une guerre personnelle; c'est au dessous de ma dignité. Je n'ajouterai que ce mot: c'est que M. Schœlcher a épuisé, dans ces vingt noms, la liste des notabilités de ses adhérents dans les deux colonies.

Au reste, interrogez les derniers résultats des élections de la Martinique. J'ai obtenu, sur 17,328 votants, 16,527 voix; M. Schœlcher, 3,618; et M. Papy 536 seulement! Si l'on remarque que les 3,618 voix acquises à M. Schœlcher ont également voté pour moi, qui ai eu la presque unanimité, quelle est la valeur intrinsèque, réelle et numérique, du parti de mes adversaires? Il est représenté par le chiffre des 536 voix obtenues par M. Papy, cette autre doublure de MM. Schœlcher et Piquion dit Perrinon.

Sur une population de 120,000 âmes et de 17,328 électeurs, je n'ai pas la prétention de rallier 500 voix dissidentes: qu'elles aillent en paix!

Cependant, puisque le nom de M. Papy se trouve accolé à ceux de mes calomniateurs, et que M. Schœleher le place en tête des mulâtres et des noirs qui ont achevé de rompre avec moi, deux mots en passant sur M. Papy.

Personne de vous n'ignore, mes amis, qu'en 1829 j'ai perdu une somme assez ronde dans la faillite de M. Papy père. Mais ce que je vous ai laissé ignorer jusqu'à présent, c'est que cette première somme, dont j'ai été frustré, ne constitue qu'une faible partie des pertes qu'on m'a fait subir, à votre insu, à cette époque et depuis. Lisez donc :

En 1829 ma femme versait à la Martinique, entre les mains de M. Papy, et à ma destination, deux sommes, l'une de 797 francs, l'autre de 225 francs; ensemble 1,022 francs, dont j'ai les reçus.

Ces sommes sont encore à me parvenir aujourd'hui en 1850. Les reçus Papy sont entre mes mains.

En 1830, ma famille versait une autre somme de 4,000 francs entre les mains d'un fonctionnaire de l'administration coloniale, obligé alors de venir rendre compte au ministre de la marine de sa conduite, et que depuis M. Schœlcher a envoyé en 1848 à la Guadeloupe, revêtu de hautes fonctions administratives, sans doute pour le récompenser de m'avoir fait du tort. Cet argent, cette fois aussi, était ma propriété, mon bien ; il ne provenait pas de vous ; c'était un dépôt plus sacré encore que les autres.

Cette somme de 4,000 francs est encore aujourd'hui, en 1850, dans les mains de cet ami, de ce protégé de M. Schœlcher, de cet administrateur de son choix.

Ainsi, avant d'aller plus loin, voilà, de compte fait, et indépendamment de ma première perte majeure dans la faillite Papy, voilà bien 5,022 francs que je devais avoir en ma possession en 1830, sur lesquels je comptais et j'avais dû compter... Eh bien! je vous le demande, ma dette Dehaynin de 800 francs remontant à cette même date, aurais-je été dans la nécessité de la contracter; ou bien, l'ayant contractée, ne me serais-je pas libéré complétement? Aurais-je dû recourir à l'emprunt Lavocat pour y faire face? Et l'emprunt Lavocat, à son tour, par un enchaînement fatal, aurait-il été en souffrance, si les deux hommes en question, avaient été de fidèles dépositaires? Dans l'espace de deux ou trois ans, cette somme de 5,022 fr. ne couvrait-elle pas et au-delà ma dette primitive de 800 fr.?

Encore un coup, je n'ai rien eu à me reprocher, même en l'état; mais s'il y a eu des coupables, ne met-on pas à présent le doigt dessus?

Ce n'est pas tout. J'ai voulu, par le rapprochement des dates auxquelles ces sommes ont été détournées à mon préjudice, et des dates de ma dette Dehaynin et de mon emprunt Lavocat, vous prouver, mes amis, que ce n'était pas par ma faute, mais par la faute de qui vous savez, que j'étais tombé dans la gêne et la nécessité de recourir à des emprunts loyaux et libres.

Vous allez savoir maintenant pourquoi cet état de gêne s'est perpétué.

M. Papy père, pendant qu'il m'englobait comme les autres dans sa faillite, était le correspondant, à la Martinique, chargé de me transmettre les fonds qui m'étaient destinés par vous. Dans l'espace de deux ans, de 1827 à 1829, je ne reçus de lui, mes amis, que cinq caisses de liqueurs, que je lui avais demandées pour mon compte particulier avec lui, et que je fus encore dans l'obligation de partager avec M. Fabien, parceque c'est vous qui les aviez payées au distillateur.

M. Papy fils succèda à son père dans cette correspondance, dans cette délégation de vos pouvoirs, comme mes mandants.... Dans l'espace de deux ans encore, de 1830 à 1832, je ne reçus de M. Papy fils que 1,333 fr. 65 cent.!!! en deux envois, l'un de 833 fr. 65 cent., et l'autre de 500 fr. Si à ma demande pressante (j'avais tiré sur lui pour 1,000 fr.), cette somme de 1,000 fr. accompagna les 1,333 fr. 65 c., je sais qu'elle provint d'une souscription extraordinaire provoquée par M. Papy, pris au dépourvu par ma demande, et non pas des fonds destinés à l'indemnité que vous m'allouiez. C'est ce que constate une lettre de M. Procope.

On a nommé encore M. Procope. Eh bien, M. Procope, jadis mon ami, aujourd'hui enrégimenté aussi sous la bannière Schœlcher, M. Procope blâmait énergiquement à cette époque les infidélités de M. Papy fils, de cet homme qui, aujourd'hui, prend le mot d'ordre de M. Schœlcher pour jouer à l'austérité, à l'intégrité, et qui alors a trahi, à propos de sommes considérables à lui confiées par des compatriotes malheureux pour un compatriote malheureux, a trahi, dis-je, cette double confiance dont il était investi.

Notez bien, mes amis, que, comme directeur et trésorier de votre comité à cette époque, M. Papy s'était adjugé déjà 6,000 francs par an et un logement somptueux pour ces fonctions, ce que constatent des lettres de MM. H. Clavier, Procope, etc... ; outre cela il avait des employés, contrôleurs, inspecteurs et autres, qui tous étaient dédommagés de leurs peines et soins... et moi, moi seul et sans secours à Paris, moi, votre mandataire, pour qui était organisé ce comité central, résumé en M. Papy ; pour qui se faisaient ces souscriptions dans vos villes et vos campagnes, moi je recevais 2,333 fr. 65 cent. dans l'espace de deux ans!! Telle est la vérité, et je défie qu'on me démente.

Où donc sont passées les sommes considérables qui ont été recueillies? Je le sais, j'en sais même les chiffres. On l'a voulu... Eh bien, malgré ma répugnance à accuser ces hommes, je pose nettement la question. Que ces quelques collecteurs infidèles répondent!

Ainsi, non seulement l'argent des souscriptions de mes frères noirs et mulâtres, de vous tous, mes amis, passait dans les mains que vous savez ; mais encore le mien propre, mon bien particulier, les 5,022 francs confiés par ma famille aux mains de M. Papy et de l'administrateur ami de M. Schœlcher ne me parvenaient pas! De tous côtés j'étais dupé... Mais on me savait facile; je ne comptais pas.

Je ne me plaignais pas; bien plus, je calmais les honnêtes scrupules de M. Procope et autres, dont j'ai toute la correspondance; j'aimais mieux souffrir seul ici que de flétrir là bas des compatriotes indignes, et d'avoir ainsi, en présence de nos ennemis d'alors, à rougir de ceux qui se disaient les chefs de notre parti. Telle est l'implacable vérité, qui dormait dans mes cartons, et qu'on a si maladroitement réveillée.

Je me résume et je dis, puisqu'on m'y a contraint : Si la valeur des reconnaissances, des reçus de Papy père, condamnés à une éternelle souffrance, si les

5,022 francs confiés à M. Papy et à l'administrateur en question ; si *les fortes sommes* que mes amis et coreligionnaires politiques de la colonie versaient en des mains infidèles, si tout cela m'avait été fidèlement transmis en 1829, 1830, 1831 et 1832, aurais-je dû 800 fr. à M. Dehaynin ? Les aurais-je empruntés à M. Lavocat, pour désarmer M. Dehaynin ? et M. Lavocat à son tour, poussé par M. Schœlcher, toujours à l'affût de mes affaires domestiques, aurait-il fait tout le bruit qu'il lui a plu de faire ?

Avant de passer outre, lisez, pour votre édification, mes amis, les passages suivants d'une lettre que m'adressait dans le temps feu M. Louis Papy, le frère de Papy d'aujourd'hui. Je me contenterai pour le moment de ces quelques lignes :

« Saint-Pierre-Martinique, le 14 décembre 1829.

MONSIEUR ET CHER COMPATRIOTE,

« Je viens vous rendre l'hommage que tout homme « bien né doit au citoyen courageux et désintéressé qui, « victime d'un préjugé inconcevable, se consacre au « bonheur de sa patrie, aux dépens même de ses af- « fections les plus chères.

« Continuez, continuez, généreux compatriote, la « couronne de l'immortalité vous attend ; les efforts « constants que vous faites pour parvenir à l'améliora- « tion de notre sort seront, nous n'en doutons pas, « couronnés du plus heureux succès.

« Les malheurs de mon père ont interrompu toutes

« vos relations avec lui; mais soyez bien persuadé que « *son cœur sensible saigne à l'idée de la* GÊNE OU IL VOUS « A MIS. Je ne cherche pas à vous apitoyer sur sa po- « sition; *vous êtes le seul* qui ayez su lui rendre justice; « *la conduite louable et généreuse que vous avez tenue* a « soulagé son âme. Les lettres flatteuses pour lui que « vous avez écrites à l'ami D....., lui ont prouvé que « vous étiez un ami sincère.

« Sans la mauvaise volonté de plusieurs de nos amis, « qui ont de l'argent à compter à D... pour mon père, « VOUS AURIEZ DÉJA REÇU UN A-COMPTE DE 4,000 FRANCS.

« *Pour ce que mon père reste vous devoir*, nous ferons « tous nos efforts pour que vous ne perdiez rien; sans « la position critique dans laquelle nous nous trouvons « par l'effet de sa faillite, nous aurions déjà trouvé « moyen de vous payer. *Mais il ne faut pas désespérer.* « *Nous sommes jeunes, et avec l'aide de la Providence,* « *nous réparerons amplement le dommage involontaire* « *que nous vous avons causé.*»

Signé LOUIS PAPY.

Presque à la même époque, M. P. Papy m'écrivait ceci :

« Saint-Pierre, 6 février 1831.

« Je ne vous dis pas un mot des affaires de mon père; « elles ne sont pas terminées. Mon père pour échapper « à la misère tient lui-même un petit cabaret. Pour moi « je lutte contre la mauvaise fortune en attendant des « temps meilleurs; croyez que *je souffre beaucoup de*

« *vos intérêts compromis*, mais notre amitié n'en doit « pas souffrir ! »

Et en 1832, M. P. Papy m'écrivait pour me faire part de ses succès dans la colonie : les recettes étaient abondantes. Toutes les communes du nord avaient déjà souscrit ; il venait d'exploiter le sud. Ecoutons-le :

« Saint-Pierre, 15 janvier 1832.

« Quant à ma tournée, elle a surpassé mes espéran- « ces. Le Fort-Royal, le Lamentin et toutes les commu- « nes de l'arrondissement du sud ont adhéré à l'associa- « tion que nous avions organisée dans le nord au mois « d'août dernier.

« Je ne vous parlerai pas de l'enthousiasme avec le- « quel nous avons été fêtés à cette occasion, des trans- « ports d'amour et de reconnaissance qui ont éclaté « partout en votre faveur et pour la France ; mais je « vous dirai que l'amour du travail, l'ordre, les progrès « de l'agriculture et des progrès plus grands encore en « politique et en civilisation, se font généralement re- « marquer parmi la population de couleur de nos cam- « pagnes, naguère si arriérée. »

C'est de cette brillante récolte de fonds qui surpassa les espérances de M. P. Papy, qu'*il daigna* me jeter une bribe en m'adressant les 500 francs dont j'ai déjà parlé.

Vous avez vu avec quel enthousiasme M. P. Papy a été fêté, quels transports d'amour et de reconnaissance éclataient partout en ma faveur. Maintenant que la recette est faite, l'argent en caisse, lisez ce que M. P. Papy m'écrivait six jours après sa dernière lettre du 15 janvier :

« Saint-Pierre, 21 janvier 1832.

« Sans l'autorisation du gouverneur, d'établir notre « caisse au terme d'un réglement que ma lettre précé- « dente renferme, PAS D'ARGENT, pas de collecte possi- « ble ; sans argent, il faudra baisser la tête, et subir le « joug qu'il plaira à l'autorité coloniale de faire préva- « loir. *Vous en serez pour vos frais d'impression et pour « vos avances.* La misère est ici à l'ordre du jour ; notre « cercle décline de jour en jour. Je le soutiens de mon « mieux, *mais abreuvé* de dégoûts, *force me sera* peut-être « d'*imiter le froid égoïsme qui règne ici. La campagne « seule est encore* NEUVE et fait preuve de patriotisme. »

En effet j'en fus pour mes frais d'impression. J'en avais pour plus de 2,000 francs avec M. Auguste Mie, alors imprimeur, aujourd'hui Représentant du peuple, mon collègue à l'Assemblée nationale. Je fus poursuivi et arrêté à sa requête ; j'allais être mis en prison, sans l'intervention de deux personnes de ma connaissance, qui me retirèrent des mains des recors. M. P. Papy n'ignora pas ce fait ; mais, *imitant le froid égoïsme qui régnait* après la recette faite, il ne m'envoya pas un seul centime pour payer mes frais d'impression ; mais, craignant à son tour que je n'imitasse *son froid égoïsme,* et que je rompisse toute correspondance avec lui, il s'empressa de m'écrire ceci : « Ecrivez-nous plus sou- « vent. Vos lettres sont désirées par tous les compa- « triotes, qui sont désolés quand un arrivage du Havre « vient tromper leur attente ! »

Tout le monde sait en effet que mes lettres servaient dans la colonie de *passavant* pour faire des recettes et des souscriptions dont je ne voyais jamais un sou.

Enfin je n'ai commencé à voir clair que grâce à la généreuse intervention de MM. Clavier et Procope, qui s'étaient posés, avec l'assentiment de leurs compatriotes, comme *contrôleurs* des fonds perçus en mon nom, qui ne me parvenaient jamais. M. Procope notamment y mit un zèle qui fait honneur à son dévouement d'alors ; il ne se contenta pas d'écrire dans toutes les communes pour signaler les malversations dont j'étais victime, pour éclairer la campagne *encore neuve*, mais il prenait le soin de m'adresser toutes les lettres qu'il recevait de ces communes, soin qui contribua énormément à me mettre à même de pouvoir parler avec assurance, pièces en mains, des infidélités dont je ne me plains que parcequ'on m'y oblige aujourd'hui.

Laissons là les preuves écrites que nous produirons au grand jour quand le moment sera venu, et faisons une dernière citation d'une autre lettre de M. P. Papy, qui voulait me faire nommer *délégué des colons de la Martinique*. — Bah ! Ne riez pas... Je parle très sérieusement, lisez plutôt :

« Saint-Pierre, 10 février 1832.

« Revenez ici, nous vous formerions le cens, nous in-
« triguerions pour vous faire nommer au conseil colo-
« nial, et là les conseillers coloniaux préféreraient vous
« nommer *délégué* que de s'exposer à l'opposition que
« vous ne manqueriez pas de faire parmi eux. »

Quelle charge ! Il faut avoir l'aplomb de M. P. Papy pour écrire de pareilles choses ; mais transcrivons sa lettre jusqu'au bout, et vous allez voir sur quels fonds on allait m'assurer le cens et sur quoi on se fondait pour m'appeler à la Martinique :

« La *misère* augmente chaque jour ici, tout conspire « contre nous, nous *perdrions courage si vous ne nous* « *souteniez pas par vos efforts héroïques !*

« Ah ! mon cher compatriote, il nous faut un change- « ment de ministère et à vous..... *une bonne place lu-* « *crative à Paris*, mais point de duel surtout.

« Je vous recommande mes dernières lettres et leur « contenu à l'égard de *notre caisse de prévoyance*, ou, si « l'on veut, de *bienfaisance ; cette institution est d'un* « *intérêt vital pour nous*, car sans elle nous ne pour- « rions *ni vous soutenir ni lutter ici contre la misère.* »

Est-ce clair ?

J'ai dit, et je le répète, je n'ai reçu de M. P. Papy, pendant les deux années de sa direction du comité, et comme chargé de correspondre avec moi à ce titre, que 2,333 fr. 65 c. sur les recettes et souscriptions recueillies par lui dans toute la colonie. Et M. P. Papy, qui ne m'entretient dans ses lettres que de la *misère* du pays, voulait que j'y retournasse pour me faire le cens nécessaire alors pour être élu au conseil colonial. Probablement dès cette époque M. P. Papy avait déjà en vue sa fameuse réforme sociale : « L'ÉGALITÉ DE LA MISÈRE ! » Et peut-être avait-il compté sur ma présence à la Martinique pour la mise en œuvre, l'intronisation de cette belle réforme.

Quant à M. G. Waddy, que cite M. Schœlcher comme

mon parent qui m'a tourné le dos, ainsi que MM. Baron et Duparquet; je ne suis point parent de ces citoyens; deux parmi eux sont alliés à la famille de ma femme, voilà tout; M. Baron m'est tout à fait étranger; mais les deux autres ne sont pas sans reproche du côté de mes intérêts, M. Waddy surtout aurait bien de la peine à se tirer d'affaire si je publiais ici quelques-unes de ses lettres, depuis que j'ai rompu avec lui en 1846. Je ne me contente que de cette seule citation extraite de sa lettre du 10 février 1846. Il implorait pour ainsi dire ma pitié afin que je ne lui demandâsse aucun compte de ce qu'il me devait, et que je ne cessais de lui réclamer :

« Je suis à la veille d'abandonner le pays pour aller « chercher mon pain ailleurs. *Quatre enfants en bas âge « me demandent l'existence, et ici le pain matériel de « chaque jour est un problème pour moi;* tous les pères « blancs qui avaient des enfants chez moi les ont retirés « parcequ'ils ne veulent pas que leurs *protégés* soient « élevés dans mes principes. ; *les pères mulâtres ne me « paient point.* »

J'ai dû perdre avec M. Waddy ce qu'il me devait, et j'ai renoncé à lui demander un réglement de compte qu'il me promettait dans toutes ses lettres, et qu'il ne rendait jamais.

Et si j'ajoutais que dans une précédente lettre M. G. Waddy, l'abolitioniste par excellence de M. Schœlcher, m'engageait à ne pas m'occuper de la question de l'abolition, de l'émancipation des noirs, et à solliciter pour lui *une place,* et une bourse pour son fils aîné, auprès de M. Mackau, alors ministre de la marine et des colonies, et que pour justifier ses demandes il ajoutait :

« Aujourd'hui la misère est grande, et les mulâtres « qui ont acquis de la fortune vous jettent le blâme; ils « ne disent pas qu'ils vous ont créé une fausse position; « que pour eux vous avez tout sacrifié, même l'avenir « de votre famille. Dans ce siècle d'égoïsme l'intérêt est « le premier mobile des actions humaines. Le dévoue- « ment, l'abnégation de soi-même à l'intérêt général « n'est qu'un sophisme. »

Et voilà qu'aujourd'hui, de par le citoyen Schœlcher, le citoyen Waddy s'est séparé de moi avec ses amis, parceque je ne suis pas *abolitioniste*, disent-ils, et que je me suis réconcilié avec les blancs que je combattais sous le régime de l'esclavage.

Et si je mettais sous les yeux de M. Schœlcher un passage d'une lettre de son ami M. Clavier, datée de juin 1837, et qui s'est aussi séparé de moi, il y verrait peut-être que tous mes adversaires d'aujourd'hui tenaient tous le même langage à mon endroit avant qu'ils ne fussent amis du citoyen Schœlcher, c'est à dire avant que M. Schœlcher ne distribuât des places. J'ajouterai même que M. Duclary, colon *incorrigible*, comme l'appelle le citoyen Schœlcher, recevait de MM. Clavier, Papy et autres les mêmes hommages-liges qu'ils distribuent aujourd'hui au citoyen Schœlcher. En ce temps-là M. Duclary donnait des places en sa qualité de président de la cour royale de la Martinique.

Ecoutez M. E. Clavier :

« Si vous voyez M. Isambert, vous lui apprendrez la « nomination de Papy, comme *avoué*. C'est toujours un « *commencement*. M. Duclary a joué un *grand rôle* dans « sa nomination; *c'est lui seul* qui a combattu tous les

« opposants et a pris fait et cause pour Papy. » — Et M. Isambert d'annoncer cette grande nouvelle dans le recueil que publiait la société abolitioniste !

Vous voyez que l'*incorrigible* M. Duclary était bien plus avancé, plus progressif que le citoyen Schœlcher, qui ne pouvait rien alors pour M. Papy et ses autres amis. Dans l'esprit de MM. Clavier, Papy et autres, le citoyen Schœlcher n'était pas encore de ce monde, et celui qui eût osé comparer ce citoyen à M. Duclary, *l'incorrigible*, n'aurait pas été bon à jeter aux chiens, comme on dit. — Il ne faut pas que le citoyen Schœlcher s'en formalise et en soit jaloux. En 1837, *l'écume n'était pas encore montée à la surface*, comme l'a dit le citoyen Perrinon.

Je vais terminer avec le citoyen E. Clavier par une citation d'un passage d'une autre de ses lettres à moi, du 27 septembre 1837. J'en demande bien pardon à M. E. Clavier, et il me pardonnera certainement cette petite indiscrétion, lui qui a fait publier dans le journal *le Progrès*, de la Guadeloupe, une lettre que lui écrivait M. Isambert et dans laquelle cet honorable conseiller à la cour de cassation me déchire à belles dents au sujet de ma conduite pacifique aux colonies. — Voici le passage de la lettre de M. E. Clavier :

« Les mulâtres sont toujours aussi sots et méchants « que de votre temps ; nulle énergie, la plus grande « nonchalance, bassesse et flatterie, avarice : voilà leur « caractère de tous les temps.

« Je vous l'avouerai, cher ami, *vous n'avez eu qu'un* « *tort* après la révolution de Juillet : c'est de n'avoir pas « *accepté* une place, afin de subvenir aux besoins de

« votre famille. *Les mulâtres ont juré de ne pas même « payer ce qui vous est dû !......*

« Ainsi, comme vous voyez, *votre dette qui est sacrée « est entièrement niée.....* Prenez *votre malheur avec « courage comme vous l'avez fait jusqu'ici*, et peut-être « que *vous serez récompensé un jour !* »

Cette dernière prophétie de M. E. Clavier s'est accomplie : les ouvriers et cultivateurs auxquels s'adresse par exclusion le citoyen Schœlcher ont payé la dette que les nouveaux amis du susdit citoyen Schœlcher refusaient de payer.

Je me trompe : tous ne refusaient pas de payer cette dette sacrée, puisque MM. E. Clavier, son frère H. Clavier et Procope voulaient qu'elle fût payée. La masse des mulâtres, ceux-là qui manifestaient *des transports d'amour et de reconnaissance* en ma faveur, comme me l'écrivait M. P. Papy, ne voulaient pas que leur argent passât dans d'autres mains que dans les miennes. C'est ce que me disait M. Procope dans sa lettre du 4 décembre 1831 :

« Cette association fraternelle et patriotique, cette « institution serait judicieuse si elle était purgée des « vues d'intérêt d'une minorité maladroite à les cacher. « — La classe de couleur, victime de sa générosité, se « tient en garde et est devenue défiante, vous en savez « quelque chose. »

Et dans sa lettre du 30 mars 1832, M. Procope complétait son idée en ajoutant ceci :

« La population de couleur se prêterait volontiers aux « circonstances, sans une succession d'infidélités et « d'abus dont elle est sans cesse l'objet et dont plus tard « je vous notifierai les circonstances.

« Les recettes de l'association se sont élevées au « premier mois pour la ville de Saint-Pierre seulement « au chiffre de 1,500 et quelques francs, bien que ce « taux, pour bonnes raisons, ne se soit pas toujours « soutenu, il n'en est pas moins vrai que ces recettes se « sont poursuivies jusqu'à ce jour (30 mars), et cela « n'empêche point que la caisse n'offre maintenant au-« cune ressource. Je demande, car j'ai le droit de de-« mander, qu'est devenu tout cet argent? etc., etc. »

C'en est assez, et je m'en tiens à ces quelques citations, car ce petit volume ne peut pas contenir toutes celles que je pourrais faire à l'appui de ce que j'ai entrepris de prouver ici, à savoir : que la gêne dans laquelle je me suis trouvé provient uniquement de l'infidélité de ceux qui, chargés de me remettre, soit les fonds que m'adressait ma famille, soit l'indemnité qui m'était allouée comme mandataire de mes compatriotes, les confisquaient à leur profit et à mon préjudice. Je crois l'avois suffisamment prouvé, et j'offre, si MM. Schœlcher et Perrinon ne sont pas satisfaits, de leur donner communication de ces lettres ou à leurs amis.

V.

Je poursuis, mes amis, ainsi que je vous l'ai dit plus haut, en répondant à une pièce que reproduit M. Schœlcher, comme émanant d'un conciliabule tenu dans les bureaux de *la Réforme* et qu'on m'avait laissé ignorer jusqu'en 1848. Cela se machinait à propos de ma *lettre à M. E. Arago*, de 1846, dans laquelle je critiquais et son feuilleton sur le *Docteur noir*, et les doctrines de M. Schœlcher.

Prenons la page 15 du livre de M. Schœlcher.

Voici cette pièce :

« Dès son retour, M. V. Schœlcher, ayant eu con-
« naissance de la lettre de M. Bissette à Étienne Arago,
« voulut demander réparation ou rétractation ; mais le
« comité de rédaction de *la Réforme* fut convoqué, SUR
« LA DEMANDE DES CITOYENS ETIENNE ARAGO ET PERRINON ;
« et, chacun de ses membres ayant fait connaître son
« opinion sur la conduite morale et politique du sieur
« Bissette, il fut décidé *à l'unanimité* que, *en raison du*
« *degré de déconsidération où était tombé le sieur Bis-*
« *sette*, Schœlcher avait *pour devoir* de sacrifier sa sus-
« ceptibilité naturelle et de mépriser les injures d'un
« pareil homme.

« Le citoyen F. Flocon, rédacteur en chef, rappela
« dans cette réunion qu'il avait vu Jules Bastide chasser
« de sa présence le sieur Bissette comme un malhon-
« nête homme ; il s'adressa, pour mieux fixer ses sou-
« venirs, et préciser le fait, à Jules Bastide, qui lui ré-
« pondit la lettre suivante :

« Mon cher Flocon, je reçois à l'instant ta lettre du
« 2 décembre ; j'ai regretté vivement de n'avoir pas été
« chez moi lorsque tu y es venu.

« Quant à l'objet de ta lettre, j'en demande bien par-
« don à notre ami Schœlcher, mais mon opinion tou-
« chant M. Bissette (tout homme de couleur qu'il a
« l'honneur d'être) est que ce monsieur ne mérite pas
« qu'un galant homme s'occupe de ses sottises.

« Il est bien vrai que l'ayant trouvé un jour en com-
« pagnie de MM. Dupont et Isambert, à la chambre, je
« l'ai prié de sortir, en lui disant qu'en pareille société
« il me semblait ne devoir se rencontrer que des gens de
« probité. Et il s'en est allé. Tu étais, *je crois*, présent
« à une partie de la scène.

« Dis cela à notre ami, si cela peut servir à guérir ses
« scrupules ; je lui serre bien la main, ainsi qu'à toi.

« Tout à toi. »

Signé Jules Bastide.

« Tous ces faits sont à ma connaissance, j'en atteste
« l'exactitude. »

Signé F. Flocon.

« Je joins mon attestation à celle du citoyen Flocon, et
« j'affirme, comme lui, l'exactitude des faits ci-dessus re-
« latés. »

Signé Ledru-Rollin.

« Tous ces faits sont également à ma connaissance de la
« manière la plus authentique. »

Signé A. F. Perrinon,

(mulâtre, chef de bataillon d'artillerie de marine).

« Tous les faits relatés plus haut sont à ma connaissance,
« j'en atteste la complète exactitude. »

Signé E. Arago.

« Je certifie l'exactitude de tous les faits ci-dessus men-
« tionnés. »

Signé Ribeyrolles.

« Tous les faits ci-dessus rapportés sont de la plus parfaite
« exactitude; je l'atteste de la manière la plus formelle. »

Signé A. Dupoty.

« Je déclare avoir assisté, comme membre du conseil de
« rédaction de *la Réforme*, à la réunion indiquée ci-dessus,
« et certifie l'exactitude du récit qui en est fait. »

Signé Pascal Duprat.

« Je déclare que les faits affirmés par les membres du
« comité de rédaction de *la Réforme*, qui ont signé d'autre
« part, sont à ma parfaite connaissance. »

Signé L. Baune.

Voilà la pièce pompeusement étalée par M. Schœlcher, aux pages 15 et 16 de son livre.

Je reviendrai sur cette pièce à propos du nom de l'honorable M. Dupont, indûment invoqué dans la lettre J. Bastide, à propos aussi de celui de M. Isambert, qui a protesté à ce sujet. J'y reviendrai à propos de cette fantasmagorie de signatures, à propos de la forme des attestations qui les précèdent. J'y reviendrai enfin pour donner aux lecteurs un nouvel échantillon de la bonne foi de mes ennemis.

Avant les détails, c'est le fond que je veux ruiner.

J'affirme tout d'abord que le nombre des signatures,

qui fait la seule valeur apparente de la pièce, n'est pas le même sur l'original et au bas du texte donné par M. Schœlcher. Cet original, dont j'ai la copie même envoyée par M. Perrinon à l'état-major de l'artillerie, copie tout entière de sa propre main, ne contient que trois signatures, je ne compte pas la sienne; et M. Schœlcher en imprime huit!

Il est écrit au bas de l'original et de la main de M. Piquion dit Perrinon :

« Ces faits sont constatés par Flocon, Ledru-Rollin, « E. Arago et Perrinon, qui ont signé. »

Signé PERRINON, homme de couleur.

Ce n'est donc pas à neuf signatures que j'ai affaire, c'est seulement à quatre, à trois, veux-je dire, car tout ce qui précède suffit, et au-delà, pour me faire regarder celle de M. Perrinon comme nulle et non avenue. On n'est pas à la fois juge et partie, dénonciateur et témoin.

D'où viennent donc les autres signatures? Dans quelle officine secrète, quand et où ont-elles été apposées et préalablement négociées, sollicitées?... Je suis plus qu'autorisé à employer cette expression. On le voit, tout cela est fort suspect, fort ténébreux ; ce qu'il y a de plus clair, c'est qu'elles sont venues après coup, sans doute pour rendre l'arme plus meurtrière : c'est M. Perrinon lui-même qui plus haut nous délivre certificat de ce fait.

Il est bon ici, avant que je batte en brèche cette nouvelle machine, de rappeler au lecteur, qui ne possède point l'enchaînement de ces faits déjà anciens, que cette fameuse décision de *la Réforme* fut prise en 1846, après l'apparition de ma *lettre à M. E. Arago,* à propos du *Docteur noir.* Pour l'intelligence des faits il est indispensable que je reproduise cette lettre. (Voyez Appendice C.)

C'est à propos de cette réfutation, qui n'était pas une provocation, réfutation de ses doctrines, de ses attaques, de ses injures, réfutation d'un mulâtre à l'adresse du prétendu ami des mulâtres et des noirs qui avait écrit que : *C'est un* HONTEUX MALHEUR *pour un mulâtre de naître avec du sang africain dans les veines;* c'est, dis-je, à propos de cette protestation que, sans que j'aie envoyé aucun cartel à M. Schœlcher, MM. Perrinon et E. Arago, est-il dit dans la *pièce de la Réforme*, réunissent leurs amis et agitent la question de savoir si M. Schœlcher doit ou ne doit pas se battre avec un homme qui ne l'attaque point!.. N'est-ce pas là enfoncer une porte ouverte? ou plutôt ne démêle-t-on pas dans cette manœuvre la même tactique, qui consiste à provoquer, à faire naître des occasions de flétrir ma réputation? La décision des trois amis et collaborateurs complaisants de MM. Perrinon et Schœlcher est au moins étrange et insolite. Elle serait digne d'une qualification plus sévère si ce n'était un acte de camaraderie.

Au reste, ces explications données, j'accepte la décision de messieurs de *la Réforme* purement et simplement, pour ce qu'elle est, pour ce qu'elle vaut : rien de plus, rien de moins.

Donc, libellée par M. Perrinon, adoptée par trois amis

et collaborateurs, préalablement endoctrinés par M. Perrinon ou Schœlcher, et apostillée de la sotte et impertinente lettre, signée, J. Bastide ; telle est cette pièce.

En définitive, ce sont trois amis de ces messieurs qui attestent qu'ils ont décidé que M. Schœlcher ne devait pas se battre avec moi, qui ne le provoquais point. Et pourquoi ?.. *En raison*, est-il dit, *du degré de déconsidération où était tombé le sieur Bissette.*

Mais, puisque j'en parle aujourd'hui, avais-je vraiment à m'occuper en public avant le dernier livre de M. Schœlcher de cette souveraine et omnipotente décision ! de ce jugement à huis-clos de quelques amis et familiers de M. Schœlcher ? Que signifiait sérieusement cette sentence inquisitoriale en petit comité de ce superbe aréopage ? Aux yeux de tout homme réfléchi, quelle valeur pouvait avoir la pièce que publie aujourd'hui M. Schœlcher, malgré l'honorabilité intrinsèque de la signature de M. Ledru-Rollin ?

On faisait parade de noms propres, d'hommes alors au pouvoir, voilà tout. Mais qu'on lise attentivement et la pièce et les attestations, aujourd'hui que j'ai tout expliqué, et on n'y verra qu'un acte de complaisance des amis du citoyen Schœlcher, donnant une petite satisfaction à son immense orgueil que j'ai osé blesser au vif.

Eh quoi ! vous décidez, *de par vous-même*, il y a deux ans, dans les bureaux *de votre journal*, que je suis un infâme, un homme déshonoré, qu'en conséquence il ne faut pas que vous me demandiez raison de ma lettre à M. Etienne Arago, à propos du *Docteur noir !*

C'est commode vraiment !

Et deux années vous me laissez ignorer votre sentence d'un nouveau genre! A-t-elle été publiée dans *la Réforme* ou dans la *Gazette des Tribunaux?* M'a-t-elle été signifiée par huissier, par Piquion dit Perrinon ou par Delahodde, votre vieil ami et collaborateur? Je déclare ne l'avoir connue que plus tard par les calomnies de ce même M. Piquion-Perrinon.

Mais aujourd'hui que j'ai occasion d'en parler, je vous le demande, sur quels actes de ma vie, à part ceux que vous avez méchamment inventés et que j'ai entièrement détruits en les expliquant, sur quel arrêt infâmant, sur quelle condamnation rendue contre moi par un autre tribunal que le vôtre, MM. E. Arago, Flocon et Ledru-Rollin, amis de M. Schœlcher, pour ne pas parler de son *alter ego*, M. Perrinon, se sont-ils appuyés pour établir leur verdict contre moi, en mon absence et en l'absence de mes amis? M'ont-ils prévenu seulement qu'ils allaient instruire mon procès à huit-clos, dans vos bureaux de *la Réforme*, et que le jugement qui en résulterait serait irrévocable et sans appel? M'ont-ils fait mander pour que j'entendisse leur décision et ses motifs, ses considérants?... Non. Les amis de MM. Schœlcher et Perrinon ont agi dans le cercle de leurs relations intimes, à la requête de M. Schœlcher, qui n'avait pas plus envie de se battre avec moi qu'avec M. Petit, de la Martinique, lorsqu'il eût été provoqué et insulté par ce colon. . . . .

Au reste ma lettre à M. Etienne Arago, qu'on va lire, ne comportait point un cas de duel, je tiens à le constater; j'y signalais seulement plusieurs passages des livres et brochures de M. Schœlcher, et je faisais la critique de ces passages, qu'il ne peut avouer aujourd'hui, car ils ne peuvent être confessés par un démocrate, par un républicain.

Quant à la signature de M. Ledru-Rollin, si l'on s'obstinait à voir dans cette signature autre chose qu'une attestation donnée à la légère, ou insignifiante comme la décision de *la Réforme*, je demanderai pourquoi ces messieurs ont attendu deux années, c'est à dire leur avénement au pouvoir, par suite de la révolution de Février, pour me faire signifier la *sentence* du comité de *la Réforme?*

Je ne connais pas M. E. Arago ; je ne l'avais jamais vu, et je défie ce citoyen de dire que j'aie eu jamais aucuns rapports avec lui ; ce n'est que depuis la révolution de février que je l'ai aperçu une seule fois à l'état-major.

Quant à M. Flocon, je le connaissais peu. Nous n'avons jamais eu de relations ; nous ne fréquentions pas les mêmes lieux. Il ne pourrait affirmer le contraire. Où m'a-t-il connu pour un homme déshonoré ? Il a signé cette pièce, comme M. Ledru-Rollin, sous la garantie de M. E. Arago, qui ne me connaît pas. M. E. Arago, à son tour, s'en est aveuglément rapporté à M. Perrinon, qui n'a fait qu'obéir aux ordres de M. Schœlcher, son maître.

Ainsi, on le voit, dans toutes les attaques, sans exception, qui ont été dirigées contre moi, si l'on remonte à la source, cette source est invariablement ou M. Schœlcher ou M. Perrinon, qui ne se quittent pas plus, quand il s'agit de me nuire, que les jumeaux de Siam.

Mais je n'en ai pas fini avec la pièce émanée des bureaux de *la Réforme*.

Vous venez de lire, mes amis, que cette pièce originale n'était revêtue que de trois signatures, M. Perrinon à part comme une superfétation percée à jour. Et d'une autre part vous avez vu, pages 15 et 16 du factum Schœlcher, qu'on en imprimait huit. Je ne reviens pas sur tout ce que je vous ai déjà dit à ce sujet pour éclairer votre religion qu'on voudrait tromper, mais j'ajoute un mot :

Pourquoi donc, au milieu d'une fantasmagorie si complète de noms, pourquoi, puisque vous voulez faire figurer toute la rédaction de *la Réforme*, oubliez-vous un de vos amis, un de vos collaborateurs de vieille date, M. Delahodde, le digne ami de Chenu?

M. Schœlcher dit quelque part dans son livre : « Dis-« moi qui tu hantes, je te dirai qui tu es.... » J'accepte ce vieil adage, et je le lui renvoie avec le nom par mégarde oublié de M. Delahodde, rédacteur de *la Réforme*. Je réclame l'apposition de son nom au bas de la pièce.

Mais laissons là les amis avoués et non avoués de M. Schœlcher; il paraît que MM. Schœlcher et Delahodde ne sont plus amis.

Avant d'abandonner les débris de cette pauvre décision émanée du tribunal occulte de *la Réforme*, un dernier mot.

Le nom du vénérable Dupont (de l'Eure) est cité dans la lettre J. Bastide, annexée à ladite décision. Pourquoi donc le témoignage de M. Dupont (de l'Eure) n'a-t-il pas été invoqué par MM. Schœlcher, et Perrinon, au même titre que celui de M. Isambert, qu'on sait brouillé avec moi? Je puis faire immédiatement la réponse : Parcequ'on était bien persuadé que le vénérable doyen de la démocratie en France ne se serait pas prêté à de si basses manœuvres, ne les aurait point abritées sous le manteau de sa probité européenne.

Et voyez, d'un autre côté, la flagrante mauvaise foi de la maison Schœlcher et Compagnie : la lettre J. Bastide est accolée à la décision de *la Réforme*, de sorte que ces deux pièces distinctes, hétérogènes, semblent ne faire qu'un seul et même morceau, au bas duquel on lit immédiatement ceci :

« Tous *ces faits* sont à ma connaissance; j'en atteste l'exactitude. »

Signé F. FLOCON.

Tous ces faits! ah Figaro!... quels faits? Les faits relatés dans la pièce de la rédaction de *la Réforme*, dans cette pièce de Schœlcher ou de Perrinon, tous deux collaborateurs et amis politiques de M. Flocon?... Ou bien les faits de la lettre J. Bastide? Car, encore un coup, il faut choisir : les témoins d'un fait ne sont pas en même temps les témoins d'un autre fait accompli à une autre date et dans un autre lieu, juste pour les mêmes personnes, à moins que M. Flocon et ses co-signataires n'aient le don d'ubiquité, par la grâce de M. Schœlcher.

Attaquer sur ce premier point le premier signataire, c'est, on le comprend, attaquer les autres qui, comme lui, garantissent *tous les faits* des deux pièces réunies, sans restriction et sans explication; c'est attaquer victorieusement les signatures de MM. Ledru-Rollin,

Perrinon, E. Arago, Ribeyrolles et Dupoty, tous écrivains de *la Réforme*.

Voulez-vous cependant la valeur de l'affirmation de ces messieurs, la valeur vraie, précise, la seule valeur possible de leurs signatures, lisez quelques lignes plus bas les attestations de MM. Duprat et E. Baune. Ils s'expliquent, eux, et savent ce qu'ils ont signé parcequ'ils ont lu et n'ont pas apposé leurs noms les yeux fermés ; les voici :

« Je déclare avoir assisté, comme membre du conseil
« de rédaction de *la Réforme* à la *réunion* indiquée ci-
« dessus, et certifie l'*exactitude du récit* qui EN est
« fait. »

Signé PASCAL DUPRAT.

« Je déclare que *les faits affirmés par les membres du*
« *comité de rédaction* de *la Réforme*, qui ont signé
« d'autre part, sont à ma parfaite connaissance. »

Signé E. BAUNE.

La vérité tout entière est et ne peut être que dans ces deux seules déclarations, et on a vu ce que j'ai laissé de cette fausse vérité.

Quant à la lettre de M. J. Bastide, voici ma réponse :

M. Bastide prétend m'avoir fait la plus grave injure qu'on puisse faire à un homme ; il prétend que la scène s'est passée devant MM. Dupont et Isambert ?... M. Dupont n'a aucune connaissance de ce fait ; M. Isambert le nie absolument. Voici la phrase textuelle de M. Isambert à ce sujet dans sa lettre du 1er mai 1848 à M. Mayer, lettre que j'ai précédemment citée : *Le fait relatif à M. Bastide m'est absolument étranger.* (V. Appendice B.)

Est-il une réponse plus complète, plus péremptoire? Je donne ici à M. Bastide le démenti le plus formel; son assertion est de tous points fausse. On sait, au reste, si j'endure facilement les outrages; et tout homme, y compris M. Bastide, qui m'aurait adressé les paroles que, dans sa lettre à son ami Flocon, M. Bastide prétend m'avoir dites, n'aurait certes point eu le temps de les achever, alors comme à présent.

Voici ce qui s'est passé entre M. Bastide et moi :

Il y a à peu près neuf ans, ce monsieur me rencontra seul, face à face, à la chambre des députés; il m'accosta assez impoliment pour me réclamer une trentaine de francs que, pour solde de compte, je restais devoir à la maison Thomas et Bastide. De ces deux messieurs, tous deux mes créanciers de cette légère somme, puisqu'ils étaient associés, je ne connaissais que M. Thomas. Brusquement interpellé par M. Bastide, je répondis que je ne le connaissais point, que par conséquent je ne lui devais pas. Là dessus je lui tournai le dos, et à peine éloigné, je demandai à quelqu'un qui il était. Apprenant alors son nom, je revins à lui, je lui exprimai mon regret de ce qui venait de se passer; je reconnus que je lui devais en effet les 30 fr. en question, ajoutant que sa façon seule de me les réclamer m'avait porté à lui répondre désagréablement.

C'est là toute cette scène. Toute autre version est fausse et mensongère. J'oppose mon affirmation à l'affirmation de M. Bastide, en faisant remarquer que la sienne a déjà été abandonnée et contredite par le témoin même qu'il invoque, M. Isambert, qui cependant n'est plus mon ami ; et que, quant à l'honorable M. Dupont, dont on met jésuitiquement le nom en avant, parceque ce nom est à lui seul une autorité, je défie mes calomniateurs et consorts d'en produire une attestation dans le sens de leurs calomnies.

Je termine cette revue, mes amis, par l'affaire de la prétendue décision du conseil de famille de l'artillerie de la Seine ; je dis prétendue, car elle n'a jamais existé et ne pouvait exister.

VI.

Voici d'abord l'acte d'accusation qui se lit, pages 456, 457 du livre auquel je réponds :

« Nous soussignés, délégués des différentes batteries
« de la légion d'artillerie de la garde nationale de la
« Seine pour apprécier *la moralité* du sieur Bissette, qui
« se présentait comme candidat au grade de capitaine
« d'état-major de la légion, et pour faire une enquête
« *sur différents griefs à lui imputés*, déclarons ce qui
« suit :

« Après informations prises et explications contradic-
« toires du sieur Bissette, devant nous réunis en conseil
« à l'état-major de la garde nationale, il est résulté
« pour nous la conviction que le sieur Bissette n'était
« pas digne du grade qu'il sollicitait et qu'il y avait

« même lieu de le rayer des contrôles de la légion d'ar-
» tillerie ; *ce qui a été fait.*

« Paris, le 10 octobre 1849.

« *Farina*, ex-capitaine de la 2e batterie ; *Charpentier*, ex-capitaine de la 1re batterie ; « *L. Maillard*, ex-capitaine de la 1re batterie ; *Girard*, ex-chef du 7e escadron ; « *L. Tessier*, ex-capitaine d'état-major ; « *Branville*, ex-chef du 6e escadron ; *Bésodis*, ex-capitaine de la 4e batterie ; « *Duchastaing*, ex-lieutenant, ancien capitaine d'artillerie de la garde impériale ; *E. Keller*, ex-capitaine de la « 3e batterie ; *V. Leriverant*, ex-brigadier de la 7e batterie ; *Blomart*, ex-artilleur de la 10e batterie ; *A. Rotrou*, « ex-adjudant sous-officier, 1re batterie ; « *Matthé*, ex-capitaine de la 4e batterie ; « *Michel*, chef d'escadron d'artillerie, « ex-lieutenant-colonel de la légion d'artillerie de la Seine, président de la « commission d'enquête. »

Devant une telle pièce on pourrait penser que je n'ai plus qu'à m'incliner.

Eh bien ! je déclare faux et calomnieux les faits relatés dans cette pièce.

Le plus grand nombre de ceux qui l'ont signée ne

pourraient affirmer sur l'honneur leur déclaration ; ils ne faisaient pas partie de ce conseil, à l'état-major.

La date enfin achève de lui ôter toute valeur.

Et j'oppose à cette pièce, construite après coup, la déclaration officielle que voici.

PRÉFECTURE DU DÉPARTEMENT DE LA SEINE.

« Le Représentant du peuple, préfet de la Seine, cer-
« tifie que M. Bissette (Charles-Auguste) et M. Bissette
« (Charles), fils du précédent, étaient inscrits à la date
« du 13 JUIN 1849, date de la dissolution de la légion
« d'artillerie, au contrôle de la 9e batterie de cette lé-
« gion ; et que vérification faite du registre des délibé-
« rations du conseil de recensement de la légion, il en
« résulte que *la radiation de MM. Bissette sur les con-*
« *trôles n'a pas été prononcée* NI MÊME PROPOSÉE. »

Paris, 26 mars 1850.

Signé BERGER.

« Vu le général commandant supérieur des gardes nationales de la Seine. »

Signé PERROT.

Placé en face de cette déclaration, que mérite et que vaut M. Schœlcher? Dans ma juste indignation, je ne trouve point de paroles assez énergiques pour flétrir les manœuvres et les mauvais desseins de cet homme.

J'entre maintenant dans quelques explications indispensables pour faire connaître au lecteur comment le conseil de l'artillerie n'a été saisi qu'incidemment et par moi-même de la dénonciation de M. Piquion dit Perrinon.

Le corps d'artillerie de la garde nationale avait nommé dans chaque batterie un délégué, afin de former une députation chargée de soumettre au maire de Paris, alors M. Marrast, des observations et des réclamations, au sujet du Temple, qui était le point central de l'artillerie et qu'on voulait lui enlever.

Plus de mille citoyens réunis, après m'avoir entendu, avaient mis en avant ma candidature pour un grade dans l'artillerie. Le lendemain, M. Michel, que nous devions porter comme lieutenant-colonel, recevait la lettre de dénonciation de M. Perrinon ; sans y attacher d'importance, il me la présenta au milieu de la conversation, en me demandant si je voulais répondre à cette attaque. Sur-le-champ je lui dis que j'acceptais le défi de cette lettre. J'ajoutai qu'il ne me fallait que le temps d'aller chez moi pour réunir mes pièces justificatives, et que la députation, nommée pour transmettre au Maire de Paris les doléances de l'artillerie, pourrait être juge entre mon dénonciateur et moi.

Le fait fut ainsi soumis à ces messieurs d'après ma demande. J'ajoute que rien ne me contraignait à accepter cette juridiction de mes camarades et que j'aurais pu être moi-même mon seul juge, car M. Michel ne prenait pas la chose au sérieux, et ma parole d'honneur eût suffi pour détruire entièrement dans son esprit la perfide dénonciation.

Parmi les délégués formant la députation, on a sciemment omis des hommes qui, sans me connaître alors, prirent spontanément et vivement ma défense ; ce sont

MM. Calmels et Vogien, un troisième citoyen dont le nom m'échappe, et M. Degrange, qui qualifièrent avec sévérité l'acte de Piquion dit Perrinon.

Pouvait-il en être autrement? M. Piquion dit Perrinon envoyait une lettre dénonciatrice pour faire échouer ma candidature: je donnais à cette lettre un démenti public et formel.

Quelques mois plus tard, je rencontrai un des délégués qui m'avaient été hostiles; il vint à moi en me tendant la main, et comme je l'accueillais très froidement: *Ne m'en veuillez point*, me dit-il, *c'était Schœlcher qui nous faisait faire tout cela.*

Un mot à présent sur la date de la déclaration des délégués de l'artillerie. On l'a vu à la page 457 de la *Vérité* de M. Schœlcher : elle est du 10 octobre 1849, alors que l'artillerie était dissoute.

Or le prétendu jugement de MM. les délégués remonte jusqu'en avril 1848, avant les élections de cette même artillerie; c'est donc un jugement posthume : vingt mois séparent les faits et la déclaration que publie M. Schœlcher !

De plus, durant cet intervalle de vingt mois M. Schœlcher, qui dès l'origine était, de fondation, candidat perpétuel de tous les grades, sans pouvoir arriver à aucun, avait enfin eu le bonheur de voir sa rare persévérance récompensée. On lui avait accordé l'épaulette de chef d'escadron d'artillerie.

Après le 13 juin, qui entraîna le licenciement de l'artillerie parisienne, M. Schœlcher avait eu le temps de lier connaissance avec quelques officiers de cette arme, de recruter quelques amis, de propager sa haine et ses calomnies contre moi, de répandre que je trahissais la cause des noirs, que *j'étais vendu aux blancs!*

Est-il donc si surprenant que de telles semences aient germé dans quelques esprits confiants ou exaltés? Est-il surprenant que le dépit d'avoir perdu leurs épaulettes, se joignant aux griefs qu'articulait contre moi M. Schœlcher, au nom de la démocratie, que je trahissais, disait-il, quelques ex-artilleurs se soient montrés dociles à signer la nouvelle pièce sortie, elle aussi, de l'officine Schœlcher?

Je répète que la plupart des signataires de cette déclaration n'étaient point présents aux réunions dont j'ai plus haut entretenu le lecteur; et qu'avec calcul et préméditation on s'est bien gardé de la présenter à la signature de plusieurs autres artilleurs qui y assistaient et avaient pris spontanément ma défense.

Voilà toute la vérité. Et je produis en outre une nouvelle pièce à l'appui de mes affirmations: la lettre du maire du troisième arrondissement, réclamant mes armes après la dissolution de l'artillerie. J'étais alors à la Martinique, et je n'avais pas cessé de faire partie de l'artillerie. (Voyez Appendice D.)

J'en ai fini avec le cinquième et dernier fait articulé contre moi par M. Schœlcher.

VII.

Et maintenant, avant de déposer la plume, quelques traits saillants feront connaître et apprécier certains hommes dont je viens de parler.

A tout seigneur, tout honneur.

Évidemment M. Schœlcher, en me poursuivant de sa haine de compte à demi avec Piquion dit Perrinon, a un mobile, un but.

Son mobile, c'est son orgueilleuse jalousie.

Son but, c'est de dominer sans rival et sans partage sur l'esprit des populations coloniales.

Or M. Schœlcher, ce philantrope qui invoque quelque part l'*office de la mort* pour clairsemer les rangs qui lui semblent trop serrés, M. Schœlcher est logique, et s'est dit à lui-même : Tant qu'un homme qui a nom Bissette vivra, tant que cet homme implacable sous le régime de l'esclavage, mais conciliateur de toutes les races après la victoire et l'émancipation, tant que cet homme, dis-je, sera debout en France ou aux colonies, je ne pourrai jamais dominer à mon aise, à ma convenance aux colonies ! Il faut donc renverser un tel homme ; il faut le tuer au moins moralement en attendant mieux.

Et pour atteindre ce but, tous les moyens ont été bons à M. Schœlcher.

Je pense l'avoir déjà assez clairement prouvé. Cependant, si quelqu'un en pouvait douter encore, qu'il lise les lignes suivantes, adressées par M. Schœlcher à un prêtre de mes amis.

« *Si vous hésitez à m'écrire que vous tenez pour mé-*
« *prisable et la lettre à M. E. Arago et son auteur,*
« *je vous tiendrai toujours pour un de mes ennemis et*
« *ne prendrai jamais votre main !* »

Une telle menace à un ecclésiastique, l'impie !

L'envie ne calcule pas ; la haine ne respecte rien !

Voilà la moralité de cet homme qui s'en prend à ma moralité !

Voilà l'une des moindres applications pratiques des doctrines de l'athée, des vertus du puritain !

Du reste cette appréciation de l'homme et de ses principes est connue ; elle a été faite publiquement dans un journal depuis bien longtemps, et M. Schœlcher a abandonné au rédacteur de ce journal ce qu'il appelle ses principes et ses doctrines philosophiques. (Voyez Appendice E.)

M. Schœlcher, qui a de plus la manie de reproduire dans ses livres les lettres qui lui sont adressées, même les plus insignifiantes quand elles flattent son amour-propre, n'a pas encore publié celle qui lui fut écrite à Saint-Pierre de la Martinique par M. Petit, colon de cette île. Il en est d'autres encore dont on nous a donné connaissance, qu'il ne livre pas à la publicité. Pourquoi cela? Est-ce par hasard parcequ'elles ne me diffament pas, ne me calomnient pas, comme certaines lettres de son livre dont je méprise trop les auteurs pour me donner la peine d'y répondre?

De même qne ces domestiques de bonnes maisons qui vont colportant des certificats plus ou moins complaisants, que quelquefois ils ont mérités, que plus souvent ils ont enlevés de guerre lasse à force d'importunité, M. Schœlcher publie des extraits de lettres qui lui ont été adressées par d'honorables citoyens de la Guadeloupe et de la Martinique après le 24 février, et dans lesquelles des compliments sont distribués au sous-secrétaire d'état du ministère de la marine d'abord, à M. Schœlcher enfin. Eh bien ! M. Schœlcher est encore à comprendre le motif qui lui a valu ces lettres. Il ne devine pas le sentiment qui les a inspirées à leurs auteurs ; il ne veut voir, dans ces témoignages flatteurs pour l'amour-propre de M. Schœlcher, que l'encens brûlé aux pieds du sous-secrétaire d'état; et il fait étalage de toutes ces lettres comme d'autant de trophées élevés par les adhérents de sa funeste politique et de ses immorales doctrines. Je suis certain que parmi les auteurs de ces lettres, *plus d'un a dû regretter* depuis ce qu'il a écrit au sous-secrétaire d'état du ministère de la marine et des colonies, dans un premier entraînement. Personne aux colonies ne se trompe sur le sentiment qui a dicté ces lettres; il n'y a que M. Schœlcher qui puisse s'abuser lui-même sur ce point. Eh bien, il faut que nous lui disions : qu'à la Martinique comme à la Guadeloupe, dans l'esprit de tous les honnêtes gens, de tout ce qu'il y a d'honorable dans ces deux îles, le nom de Schœlcher est synonyme de *guillotine*, *incendie*, et il ne faut pas s'étonner si des hommes comme M. Latuilerie écrivent à M. le sous-secrétaire d'état de la marine et des colonies, pour lui adresser des compliments, quand ce sous-secrétaire d'état s'appelle V. Schœlcher.—Certes M. Latuilerie est brave; il a fait les guerres de l'empire; il a été décoré au champ d'honneur; il n'a jamais connu la peur pour lui-même, mais il l'a connue pour une femme et des enfants, et cette peur honore son cœur.

Et croyez-vous que M. Latuilerie et les autres citoyens, qui ont écrit à M. Schœlcher le voyant au pouvoir, n'ont pas cédé à ce sentiment de conservation personnelle de leur famille? Je ne crains pas de le dire, oui, ils ont cédé à un sentiment étranger à M. Schœlcher, mais qu'éprouvent tous les pères de famille.

Les auteurs de ces lettres connaissaient les principes

et les doctrines de M. Schœlcher, ils avaient lu dans un de ses livres ce passage que je transcris ici pour achever de montrer cet homme à nu :

« Depuis qu'il y a eu réunion d'hommes, les opprimés « n'ont jamais rien obtenu des oppresseurs que par la « force, et si chaque pas dans la carrière de la liberté « du monde *est marqué de sang, c'est une nécessité qu'il « faut reconnaître avec nous*, mais dont ON NE PEUT AC- « CUSER QUE L'IMPUISSANCE OU LA MÉCHANCETÉ PROVIDEN- « TIELLE. Je ne suis coupable ici que d'*avoir réfléchi et « reconnu une triste vérité.* »

Il est évident que celui qui a eu le triste courage d'écrire, après *avoir réfléchi*, que la Providence, cette suprême sagesse par laquelle Dieu conduit toutes choses, est *impuissante* ou *méchante*, ne pouvait pas inspirer grande confiance aux habitants des colonies, surtout quand on apprit par la voie des journaux que le directeur du Vaudeville s'était chargé de produire et de mettre en scène le citoyen Schœlcher en le présentant à son frère ministre de la marine et des colonies, pour en faire un sous-secrétaire d'Etat.

En nous ménageant M. Schœlcher aux colonies ce n'était pas la mise en scène d'un vaudeville qu'on nous préparait, mais bien un épouvantable drame qui s'est dénoué aux colonies par un affreux carnage, qui ne se reproduira plus, nous l'espérons bien.

Quel a été le résultat de la mise en scène du citoyen Schœlcher dans le rôle de sous-secrétaire d'Etat des colonies ? On a vu à la Martinique les lueurs de l'incendie, on a entendu le tocsin, on a pu compter trente-cinq cadavres de femmes et d'enfants dévorés par les flammes, dans l'espace d'une nuit, et qu'avaient précédés à la Martinique, comme à la Guadeloupe, comme à Haïti les funestes enseignements, les doctrines impies et subversives du génie malfaisant des colonies, de M. Schœlcher enfin.

Je ne puis donc mieux comparer cette résolution extrême de M. Latuilerie et de ses amis qu'à celle d'un brave homme qu'on surprend sur le grand chemin et auquel on demande la bourse ou la vie, et qui jette sagement sa bourse pour sauver sa vie. Le courage est chose trop précieuse pour le jouer avec des brigands, surtout lorsqu'il s'agit de sa famille.

Eh mon Dieu, de combien de lettres de ce genre et de plus sérieuses je pourrais surcharger ce petit volume! Mes cartons en regorgent; mais je n'en fais point étalage. Je garde pour moi et mes amis les témoignages sincères et les fausses protestations de dévouement, d'amitié et d'admiration. J'attache trop de prix aux premiers pour les profaner; je fais trop peu des cas des autres pour les étaler ici comme autant de réclames, à l'instar du citoyen Schœlcher. Celles-là sont mon plus cher patrimoine; les autres ne comptent point : ce sont des non-valeurs, dont les charlatans seuls savent faire parade.

Mon abstention de produire les lettres adulatrices, qui m'ont été adressées par des amis et adhérents de M. Schœlcher, sera absolue, à quelques exceptions près; car je ne puis résister au désir de produire des échantillons de ces pompeuses protestations qui se métamorphosent si vite parfois en apostasies privées ou publiques. (Voyez Appendice F.)

Et, bien que je fasse un très médiocre cas de M. Cochinat, substitut du procureur de la République, de la façon de M. Schœlcher, je vais le prendre d'abord pour objet de ma citation. Voici donc une dédicace modèle qu'il m'adressait, il y a quelques années :

« Mon cher Monsieur Bissette,

« J'ai passé hier ma thèse et je viens vous remercier « *de m'avoir tant aidé* par vos bontés à obtenir ce ré- « sultat.

« Je viens aussi vous en offrir un exemplaire, comme « un *témoignage d'amitié filiale et de respect;* acceptez- « le, je vous en prie, afin que *je sois toujours heureux* de « penser que celui dont j'admire tant le courage et le « grand caractère, que l'homme dont le cœur est tendre « et indulgent comme celui d'une femme, et l'âme virile « et indomptable comme celle d'un homme antique, « garde de moi un souvenir affectueux.

« Vous m'avez quelquefois parlé des avocats, mon « cher monsieur Bissette, de l'indécision de leur esprit, « faussé par le chaos des théories contraires, *de leurs « faiblesses et de l'inconséquence presque habituelle de « leur conduite. Je tâcherai de répudier ces mauvaises « qualités* de mes confrères en entrant dans leurs rangs ; « et *pour cela je n'aurais qu'à me rappeler de vous* (sic), « dont la vie offre un si bel exemple d'unité inflexible « et de fermeté inébranlable.

« Aux abords de notre île, il y a partout sur la côte « de grands murs granitiques, que viennent battre les « lames de la mer, furieuses et impuissantes. En se re- « tirant, les vagues ne font que rendre plus luisants et

« plus durs ces rochers invincibles. Vous êtes comme « cela, vous !... Les orages politiques, la haine d'une « caste puissante déchaînée contre vous, le malheur « dévastant votre foyer domestique, *l'ingratitude des* « *vôtres* ET JUSQU'AU SOUFFLE IMPUR DE LA CALOMNIE, rien « ne peut vous abattre, ni même vous ébranler. Vous « restez immobile, l'œil fixé sur l'avenir, et quand la « tempête s'apaise autour de vous, l'on vous retrouve « souriant et affermi, plus convaincu que jamais !... « *Justum ac tenacem.* — Vous êtes enfin, chose rare de « nos jours, un caractère.

« Et voilà pourquoi je vous aime ! »

Signé V. COCHINAT.

Si cette lettre, à présent, en 1850, fait encore honneur au style du jeune avocat, à coup sûr elle est loin de faire honneur au cœur du magistrat.

Soit dit en passant et sans m'appesantir sur ce nouvel ennemi. Qu'il soit tranquille ! L'ingratitude de tels amis ne tue pas en moi la générosité.

M. Cochinat ne comptant pour moi qu'à l'état d'échantillon, quelques lignes, après M. Schœlcher, sur M. Piquion dit Perrinon.

A toute doublure, les honneurs du second rang.

VIII.

M. Piquion-Perrinon, qui se montre si rigide, si scrupuleux en matière de délicatesse, a-t-il donc oublié que jadis il reçut pour moi de M. François Michel, mon correspondant à Saint-Pierre-Martinique, une somme de *cinq cents francs* qu'il tarda à me remettre, parceque, disait-il, sa malle était engagée dans un cabinet de l'appartement de son beau-frère, à Rouen. M. Perrinon arrivait de la Martinique par le Havre; c'était en août 1837, et fortuitement nous nous rencontrâmes à Rouen, chez Mme Brière, la mère. J'avais pourtant un tel besoin de cette somme que le retard que mit l'officier d'artillerie dans cette affaire m'occasionna deux protêts ! Deux protêts ! c'est à dire que M. Piquion-Perrinon aurait pu me mettre deux fois de plus dans le cas d'emprunter, grâce à sa ponctualité à me remettre des fonds à lui confiés. Je reçus ces cinq cents francs quinze jours après des mains de Mme Perrinon, la mère de Piquion. Eh bien, de ce fait qui me contrariait, ai-je été bâtir une calomnie sur M. Perrinon et mettre en doute sa délicatesse? Lui ai-je fait un reproche de son inexactitude? Et quand bien même il eut disposé, pendant son voyage, de tout ou partie de ces cinq cents francs, serait-ce une raison suffisante pour l'accuser? Non. Et cependant, moi qui n'ai jamais rien emprunté de M. Perrinon, il me fait un crime d'avoir quelquefois emprunté.

Mais M. Piquion-Perrinon n'a-t-il pas sollicité de ses administrés à la Martinique, comme commissaire général en 1848, certaine collecte à son profit, pour se consoler d'un rappel inattendu? Des souscripteurs de l'œuvre m'ont assuré que le citoyen Piquion devint tout rouge de colère quand il sut le peu d'importance de la collecte, qu'il trouvait au dessous d'un homme de sa qualité et de son mérite.

On le voit, selon la noble expression de M. Piquion-

Perrinon, *l'écume était montée à la surface*, et lorsqu'elle reprenait sa place dans les bas-fonds, le commissaire général ne dédaignait pas de recourir à l'*emprunt forcé*, cette fois, auprès de ses administrés, pour ne jamais rendre.

Mais voici un fait bien plus grave, et, si nous en parlons ici, c'est que le citoyen Schœlcher a eu l'audace de le nier dans son livre, malgré les pièces authentiques qu'il sait que nous possédons.

Son ex-commissaire général, le citoyen *Maximilien-Just* (*Maximilien-Just* est le nom de guerre, comme on dit, le nom d'argot du citoyen Piquion-Perrinon) ; ce citoyen, disons-nous, a possédé, lui aussi, des esclaves, par lui-même ou par sa mère, dont il est l'héritier. Trois de ses esclaves, par le fait de leur séjour en France, par ce bienheureux privilége attaché au sol libre de la mère patrie, étaient libres de droit et à tout jamais... Eh bien, ces trois esclaves affranchis, M. Perrinon les a, sinon vendus lui-même, au moins fait vendre à son profit et au profit de sa famille, une fois de retour à la Martinique. C'étaient deux femmes, les deux sœurs, et le frère ! Bientôt, l'une de ces deux femmes accoucha d'un enfant conçu en France, que M. Perrinon avait presque vu naître, et qui semblait avoir des droits sacrés, naturels à son affection particulière.

La vente de la mère de l'enfant, dont nous avons une copie, est du 10 février 1842 : elle a été enregistrée à Saint-Pierre le 11 février 1842, f° 92, v. c. 6.

Ainsi, de malheureuses créatures étant retournées de France à la Martinique, restèrent esclaves de la famille Perrinon, et furent vendues, quoique libres de plein droit !

Que M. Piquion-Perrinon ose me démentir, lui qui a écrit que ces faits, signalés déjà par un journal, étaient faux ; qu'il ose nier de nouveau ces faits, et je dirai alors tout au long ce hideux épisode de sa vie, tel que je le sais, tel qu'il le sait lui-même. Je dirai le nom de la mère, le nom de l'enfant, le nom de l'autre pauvre femme, sœur de la première, le nom aussi du *colon blanc* auquel furent impitoyablement, sordidement vendus et livrés la mère et l'enfant, libres pourtant au même titre que M. Piquion-Perrinon. Je dirai que le *blanc*, plus généreux que le fougueux *abolitioniste*, plus humain que le *maître* dénaturé, donna bientôt la liberté à ceux auxquels Piquion-Perrinon, lui, avait rendu des chaînes, malgré le cri de sa conscience et de la nature.

Voilà la moralité de cet homme qui voudrait me faire passer pour immoral !

Et maintenant, pourquoi taire une démarche de M. Piquion-Perrinon auprès d'un de mes jeunes amis et compatriote, puisqu'elle donne une idée exacte de son aveugle haine contre moi ?

Oubliant que le rôle d'embaucheur ne réussit qu'auprès des pauvres cœurs et des natures infimes, le citoyen Perrinon s'abaissa à ce rôle en 1848, auprès d'une jeune nature d'élite et d'un généreux cœur. Il alla trouver M. Servient, de la part de M. Schœlcher ; et comme M. Servient avait été un des premiers à prononcer mon nom à l'Hôtel-de-Ville devant le gouvernement provisoire, M. Perrinon vint lui dire que M. Schœlcher *consentirait* à oublier ce zèle pour moi, la manifestation sympathique à la tête de laquelle il s'était placé, qu'il lui réservait même une place élevée et honorable, s'il voulait abjurer cette erreur et aider M. Schœlcher et lui à me tuer moralement, à me perdre de réputation dans l'esprit de nos compatriotes aux colonies.

L'honorable jeune homme, ne pouvant croire à tant d'avilissement et à tant de haine dans le cœur de l'ancien élève de l'école polytechnique, se fit répéter une seconde fois cette dégoûtante proposition ; puis, cédant à son indignation, il la qualifia énergiquement, et, parodiant les belles paroles de Mirabeau, il répondit : « Allez dire » à votre maître que c'est la première fois qu'on a eu » l'insolence de me faire une telle proposition. »

Le citoyen Piquion-Perrinon resta abasourdi sous la parole de l'héroïque jeune homme ; il balbutia des excuses... Mais Servient lui avait déjà montré la porte et tourné le dos. Le chef de bataillon d'artillerie de marine sortit honteux et confus, et alla porter ce message à son maître.

La rancune que M. Schœlcher garda à ce brave jeune homme pour sa noble conduite, pour cette belle réponse, fut telle que, malgré l'appui de M. de Lamartine, alors membre du gouvernement provisoire, M. Servient, poursuivi par M. Schœlcher, ne put jamais rien obtenir.

M. Servient, pendant mon absence de Paris, au moment même où j'étais à la Martinique, au milieu de vous, eut à s'expliquer avec M. Perrinon sur une affreuse calomnie dont il était victime, lui aussi, de la part de cet homme ; Servient profita de cette occasion pour rappeler à M. Perrinon sa lâche conduite à mon endroit. Je tiens ce fait d'une personne de mes amis, amie aussi de M. Perrinon, en présence de laquelle Servient traita, dans les termes les plus durs, *chez lui-même*, ce pitoyable officier de la Légion-d'Honneur, qui se nomme Piquion-Perrinon.

Mais ce n'est point à moi seulement que s'attaquent avec tant d'acharnement MM. Schœlcher et Perrinon, et quand je les vois s'en prendre à mes amis et tenter de salir de leur boue les hommes les plus recommandables, les plus dignes de l'amour et du respect de tous, quand je les vois s'en prendre à tout ce que la Martinique compte de plus estimé et de plus estimable, ne dois-je pas être consolé, honoré même de leurs tristes attaques! Ces indignes *salisseurs* de réputation ont-ils même épargné MM. Pécoul, Agnès et Cicéron pour m'arrêter à trois citations qui peuvent résumer toutes les autres? Non, et c'est ce que nous allons prouver. — Quant à l'opinion de M. Piquion sur ses compatriotes, on la trouvera à la fin de ce volume. (Voyez Appendice G.)

IX.

M. Cicéron, parcequ'il a été jadis mon adversaire politique, parceque la discorde des mauvais jours nous a mis jadis à tous deux les armes à la main, et qu'aujourd'hui une franche et loyale réconciliation nous a réunis et nous fait marcher d'accord, parcequ'au nom de la régénération de notre commune patrie nous avons abjuré les erreurs et les violences passées, déposé nos ressentiments et nos préventions, M. Cicéron est exposé aux traits empoisonnés de M. Schœlcher, qui voudrait éterniser les haines et réveiller une vieille querelle au profit de son infernale politique et de son intérêt personnel! Pourtant, M. Schœlcher ne connaît pas M. Cicéron ; il n'a jamais eu à s'en plaindre ; mais que lui importe, pourvu qu'il souffle la désunion et qu'il assouvisse sa haine.

M. Cicéron, comme moi, méprisera cette vaine et sotte tentative, et M. Schœlcher aura le dépit de voir qu'il n'aura pu armer de nouveau deux mains qui ont pu se frapper par les armes en 1834, mais qui, depuis 1848, se sont à jamais fraternellement rapprochées.

M. A. Agnès, maire de Saint-Pierre, indépendant par position et surtout par caractère, est, à la Martinique, un des citoyens les plus considérés et les plus aimés de tout le monde, sans exclusion de couleur. Courageux, ferme et digne, sans faiblesse et sans préférence, aimant son pays, et voulant avant tout son bien-être dans l'ordre, son progrès dans la liberté ; il est choisi, au milieu de la tourmente coloniale de 1848, par ses concitoyens pour administrer la première cité de la Martinique, et aussitôt le négociant aimé de tous, répondant à l'appel public, se fait magistrat intègre et irréprochable. Placé de prime-saut par son cœur, par une nature d'élite, à la hauteur de ses nouvelles fonctions, il sait en subir les conséquences ; il néglige ses propres affaires pour administrer celles de tous ; quand il le peut, il fait le bien avec simplicité. Il vient dernièrement, à force de persévérance, de doter la ville de Saint-Pierre d'un hospice civil, dont il a eu la première et touchante pensée.

Tous et chacun rendent justice à cet homme de bien ; et il se rencontre deux hommes qui vomissent l'injure même contre lui, parceque M. Agnès, qui n'a pas besoin des places de M. Schœlcher, a blâmé à mon endroit la conduite de M. Piquion et de son maître !

M. Pécoul, aujourd'hui mon honorable collègue à l'Assemblée nationale législative, est un créole de la Martinique. A ce double titre, plus que M. Agnès, il a été en butte à toute la haine, à toutes les attaques de mes deux ennemis. M. Pécoul, comme M. Agnès, est de dix coudées au dessus de ces criailleries vaniteuses, jalouses et impuissantes. M. Pécoul, il est vrai, a eu le malheur d'être grand propriétaire d'esclaves dont il avait hérité de ses pères; mais en rappelant ce fait, commun à tous les créoles avant l'émancipation générale de février 1848, MM. Schœlcher et Piquion se sont bien gardés de dire toute la vérité, tout ce qui fait honneur à M. Pécoul, même dans son passé de colon et de propriétaire d'esclaves.

Je vais réparer cette omission préméditée et de mauvaise foi.

M. A. Pécoul, l'un des plus riches propriétaires de la Martinique, était cependant, plusieurs années avant l'abolition de l'esclavage, un des meilleurs maîtres de l'île. Humain, généreux et juste, il fut le premier à abolir le fouet sur son habitation. Il stimulait les unions légitimes parmi ses esclaves, même au prix de quelques sacrifices; il organisait des écoles pour les enfants; il sentait venir la liberté, il y préparait sagement ses travailleurs. Il était notoirement réputé parmi les colons pour un des hommes relativement les plus avancés de la Martinique.

Voilà, en quelques lignes, le passé de M. Pécoul comme colon. Ai-je besoin d'ajouter que, sous tous les autres rapports, ce passé est des plus honorables.

Voilà l'homme contre lequel MM. Schœlcher et Perrinon se déchaînent comme deux énergumènes, contre lequel ils ne trouvent pas assez d'expressions haineuses et malveillantes. Ils ne remarquent pas qu'à leur insu même ils laissent trop voir le bout de l'oreille du dépit et de la jalousie. M. Pécoul n'a jamais plaidé la cause de l'esclavage, il n'a jamais été un maître méchant et cruel; il a adouci, au contraire, le régime de l'esclavage sur sa propriété.

Depuis 1848 comme avant, pas un acte de M. Pécoul n'a été hostile à la cause des noirs, à la régénération des colonies, et c'est sur un tel homme que la haine voudrait souffler la déconsidération! C'est lui dont on me reproche avec tant d'amertume d'avoir soutenu et propagé la candidature autant qu'il était en mon pouvoir!

Je vous entends, Messieurs : quelqu'eût été le créole blanc propriétaire dont j'aurais appuyé la candidature, vous auriez chanté sur la même gamme, parceque votre but est connu; vous voulez une politique de substitution. Vous ne m'auriez fait grâce de vos criailleries que si j'avais voulu communier avec vous.

Mais là où vous voulez perpétuer la guerre et deux camps, moi j'ai voulu la paix et une seule famille. Je l'ai voulue quand, en 1848, la guerre coloniale a perdu toute sa raison d'être par la proclamation de la liberté de mes frères! Je l'ai voulue, parceque je n'ai jamais fait la guerre aux colons qu'en tant que propriétaires d'esclaves, et qu'aujourd'hui il n'y en a plus. Il n'y a même plus aujourd'hui ni noirs, ni mulâtres, ni blancs, il n'y a plus que des citoyens d'une même patrie! Je l'ai voulue, la paix, au nom de cette généreuse

République qui brisait toutes les chaînes! Je l'ai voulue au nom de la devise : *Liberté*, *Égalité*, *Fraternité*, dont vous voudriez faire un mensonge officiel au lieu d'une généreuse acclamation! Je l'ai voulue au nom de l'Évangile, au nom du bonheur de tous aux colonies! Et je l'ai voulue avec d'autant plus de force et d'énergie, cette paix générale, cette réconciliation, cet oubli de toutes les vieilles haines, que vous, Messieurs Schœlcher et Perrinon, vous vouliez précisément le contraire, la perpétuité de deux camps aux colonies, au nom de votre sot et mesquin intérêt personnel, au nom de votre cabale!

Voilà ce que vous ne pouvez me pardonner, ce que vous ne me pardonnerez jamais, parceque vous avez au cœur la rancune des intrigants démasqués et des méchants inpuissants à nuire. Je le sais et ne m'en effraie pas, vous le savez.

Donc, mes amis, lorsque j'ai voulu la conciliation parmi vous tous à la Martinique, j'agissais selon mon cœur, que vous savez chrétien, bon; j'agissais aussi selon la raison, la justice et le bon sens. Vous l'avez déjà vu; l'avenir vous le démontrera de plus en plus par le bien-être qui résultera pour tous de cette sage politique sociale.

Eh! bien, je vous le demande, pouvais-je, devais-je, m'en tenir au domaine de la pure théorie? Ne devais-je faire de la conciliation que dans mes paroles, point dans mes actes? Je suis incapable de ces supercheries, de ces faussetés; je parle comme je pense, et j'agis comme je parle. Pour que cette réconciliation générale, que je prêchais naguère au milieu de vous tous, mes chers amis, fût sincère et loyale, il fallait la traduire d'une manière sensible aux yeux de tous, dans un grand acte public, il fallait la sceller par une consécration solennelle. Il n'en est point, sous une République, de plus imposante que l'application du suffrage universel. C'est alors qu'avec d'autres fut prononcé le nom de M. Pécoul, et que j'approuvai beaucoup ce choix pour toutes les raisons que je viens de vous dire, et pour le passé même de M. Pécoul, comme colon blanc et propriétaire.

J'ajoute que je m'applaudis tous les jours de la ligne de conduite que j'ai suivie, et que je me montrerai toujours digne de la confiance que vous avez en moi. Je serais le dernier des hommes, je m'estimerais au dessous de mes ennemis d'aujourd'hui si je trahissais cette confiance! Si le jour de la félonie et de la trahison pouvait luire jamais pour moi, je demande à Dieu qu'il soit le dernier de ma vie!

Parlerai-je maintenant de l'étrange lettre publiée page 457 du livre de M. Schœlcher, où un jeune homme, mon neveu, le fils de ma sœur, Dumercy Mana, porte contre moi une accusation évidemment suggérée à ce jeune écervelé dont j'ai contrarié les écarts de jeunesse, et qui pour se venger de son vieil oncle, du frère de sa mère, qui a protégé son enfance vicieuse, ne trouve rien de mieux que de régaler MM. Schœlcher et Perrinon de je ne sais quel récit grotesque d'habits à lui, mis par moi au *Mont-de-Piété*, quand il avait douze ans et qu'il était avec mon fils élève au collége de Henri IV ? Triste et pauvre nature qui a perdu le sens moral, avec le courage et l'honneur, jusqu'à calomnier son oncle, son père, pour satisfaire la haine de mes ennemis dont il s'est fait le flatteur intéressé.

Dans cette lettre puérile il n'y a pas un mot de vrai. Mais que dire de celui qui enseigne et souffle de son haleine empoisonnée la calomnie et l'ingratitude au cœur du neveu contre l'oncle?

N'est-ce pas là; moins la vérité des faits, le crime de Cham livrant son père fautif aux regards et à la risée du peuple? Ce père a maudit l'enfant dénaturé. Que mérite le neveu, l'enfant dont j'ai protégé la jeunesse vicieuse et infime contre l'indignation de ses maîtres et les sarcasmes de ses camarades? Dans la triste imitation de l'antique épisode, le citoyen Schœlcher, l'embaucheur, le corrupteur, le tentateur du jeune Dumercy Mana n'est-il pas le vrai Cham sur lequel doivent peser la malédiction de Dieu et le mépris des hommes? Et M. Schœlcher vous affirme dans son livre, mes chers compatriotes, à vous tous, mes amis, ouvriers et cultivateurs de la Martinique, dont il veut aussi corrompre et dénaturer le cœur, il vous affirme, à côté de la preuve écrite de ses détestables doctrines contre les sentiments de la nature et les commandements de Dieu, qu'on l'a calomnié, lorsqu'on lui a prêté des principes contraires à la déférence et au respect des enfants envers leurs parents! Mais, alors même que le fait qu'il m'impute par l'enfant dénaturé et maudit d'avance serait vrai, alors même que son instinct perverti lui eût donné l'intrusion du for intérieur du citoyen Schœlcher, lui eût fait deviner et flairer le livre en projet sur le bureau de l'écrivain, l'eût poussé à une abominable initiative, n'y avait-il donc pas à dire à l'enfant égaré :

« Je ne donne point place dans mon *œuvre* à votre « lâche dénonciation contre votre oncle, le frère de votre

« mère ; on croirait que je l'ai provoquée dans l'intérêt « de ma haine et de mon ambition, et je serais déshonoré « parmi les hommes ! Je ne donne point place dans mon « livre à votre lettre impie, parcequ'alors même que le fait « serait vrai, je le répète, vous devez jeter le manteau « du silence sur la cruelle et douloureuse nécessité qui « certainement aurait pu seule porter votre oncle, votre « père d'adoption, à faire du pain pour sa faim de vieil- « lard avec un misérable objet de luxe bon seulement à « votre vanité de jeune homme ! »

Voilà, mes chers amis, ce qu'aurait dit un honnête homme ; voilà ce qu'aurait dit le citoyen Schœlcher s'il avait un cœur de fils et de père, une âme de chrétien, une pudeur d'honnête homme, s'il avait cru à l'existence de Dieu qui ratifiera la malédiction paternelle tombée sur le coupable Cham !

Vous voyez, mes chers compatriotes, que Dieu fait peser sa main sur la tête de cet homme, car dans le livre même qu'il écrit pour se réhabiliter à vos yeux et vous faire croire à des principes conformes chez lui aux sentiments que Dieu et la nature recommandent aux enfants envers leurs parents, dans ce même livre il vous donne un exemple bien frappant de son immoralité, puisqu'il a poussé mon neveu à me calomnier en m'accusant devant vous !

J'en ai fini avec le livre de M. Schœlcher, avec la partie du moins de ce livre que j'ai jugé devoir réfuter. Le reste ne vaut point la peine que je m'y arrête et perde mon temps.

Mais remarquez, en terminant, mes chers amis, que le seul titre de ce livre : *La vérité aux ouvriers et culti-*

vateurs de la Martinique, est une véritable déclaration de guerre, un brandon de discorde, et par conséquent la condamnation de son œuvre dès les premières lignes! La division et la haine sont tellement incarnées au fond de sa pensée qu'elles se font jour, malgré lui peut-être, dans ses premières paroles. En effet, on ne s'adresse à une catégorie de citoyens que quand on veut mettre les autres au ban de leurs concitoyens. C'est le fait d'un homme qui veut perpétuer deux camps rivaux et ennemis; c'est l'acte d'un méchant, d'un homme dangereux, d'un fou ou d'un niais.

Voyez : il s'adresse aux ouvriers et cultivateurs de la Martinique seulement, parcequ'à la Guadeloupe sans doute il n'a plus de mal à faire!

Eh bien! moi, pour terminer ma réponse à cet homme, j'adresse cette dernière et courte allocution à toute la population de la Martinique, sans exception aucune, aux ouvriers et aux cultivateurs, comme aux propriétaires et commerçants, tous mes frères et compatriotes, et je leur dis : Défiez-vous encore, vous tous qui voulez vraiment et fortement le bonheur de notre pays et de tous ses habitants; défiez-vous des ambitieux, des charlatans qui, sous le masque du patriotisme, tenteront encore de vous égarer au nom de leur politique.

Aux colonies, la question politique n'est pas et ne saurait être la question politique de la France ; elle n'est pas entre la monarchie et la République. Sans doute, les colonies tendent de plus en plus à s'assimiler aux départements de la métropole, mais cela n'existe pas encore.

Les colonies sont trop éloignées, et trop ignorées de la grande masse en France pour peser une once dans la balance de la métropole, pour qui elles n'ont qu'une valeur commerciale et maritime..

Elles n'ont donc aucune influence sur la métropole : c'est le satellite qui suit passivement les phases de sa planète.

Il y a une erreur profonde, calculée, volontaire à égarer les esprits sur ce point si simple et si clair ; à vouloir à toute force transporter la question politique de la France aux colonies, pour les diviser. Là-bas, au milieu de votre paisible et fertile Martinique, la question ne peut et ne doit rester que commerciale, pacifique, économique et sociale, dans la voie d'un Progrès sage et constant.

La conciliation a mille biens à y faire ; la politique irritante et militante, mille maux.

Dans les colonies où des hommes, pendant plus de deux siècles, ont été fatalement divisés ; où la couleur de la peau, et non pas la politique, était la cause de leurs divisions et de leurs préjugés ; lorsque la France, au nom de la République, vient leur crier : *Liberté, Égalité, Fraternité,* je maintiens qu'il y a toute autre chose à faire pour l'union de ceux qui étaient désunis qu'une politique brûlante et ardue. C'est pourquoi mes premières paroles, en débarquant parmi vous, sur le sol natal, après vingt-cinq années d'exil, furent : CONCILIATION ; OUBLI DU PASSÉ.

Je le répète, je maintiens qu'il y a toute autre chose à faire pour la paix du pays, pour la sécurité de tous, que cette politique de substitution, de haine et de vengeance prônée par nos ennemis. Cette autre chose, mes chers compatriotes, mes amis, mes frères, cette autre chose, c'est la CONCILIATION !

Je devais finir par ce mot, qui porte en lui tout l'avenir, tout le bonheur et la prospérité de mon pays.

BISSETTE.

APPENDICE.

A

(Page 9.)

Lettre de M. Bissette à M. V. de Tracy.

Paris, 22 février 1850.

MONSIEUR ET HONORABLE COLLÈGUE,

Il y a déjà quelques années que j'eus recours à vos sympathies généreuses pour la cause des noirs, en vous priant de m'aider dans les publications que je répandais en faveur de leur liberté. J'avais à lutter contre des hommes puissants et riches, moi, alors pauvre *paria* des Antilles françaises. Vous vîntes généreusement à mon aide en m'ouvrant votre bourse où je pris 1,000 francs.

C'était pour une sainte cause que j'avais sollicité et obtenu de vous ce secours; si j'ai tendu la main ce n'était pas pour moi, c'était pour mes frères qui étaient dans l'esclavage !... Ces hommes noirs, aujourd'hui affranchis, veulent s'acquitter envers leurs bienfaiteurs, et vous êtes, Monsieur et cher collègue, de ce nombre ; ils veulent acquitter la dette que j'ai contractée en leur nom, et me chargent de faire tenir à chacun le montant de son secours philanthropique.

J'ai donc l'honneur de vous remettre sous ce pli un billet de 1,000 francs, que vous m'aviez si généreusement prêté pour soutenir l'œuvre de la délivrance de mes frères, et vous prie d'agréer, avec mes remercîments, l'assurance de ma vive reconnaissance.

Votre tout dévoué collègue,

Signé BISSETTE, Représentant du peuple.

Lettre de M. V. de Tracy à M. Bissette.

Paris, le samedi 23 février 1850.

MONSIEUR ET HONORABLE COLLÈGUE,

J'ai reçu hier au soir votre lettre de ce jour, et je m'empresse de vous en accuser réception, ainsi que du billet de banque de 1,000 francs, qui y était renfermé. J'ai été très touché et reconnaissant des sentiments que vous voulez bien m'exprimer à l'occasion du léger service que j'ai été heureux de pouvoir vous rendre. J'ai su apprécier les services et les efforts que vous n'avez cessé de faire pour une cause qui de tout temps a eu mes plus vives sympathies et dont le triomphe est irrévocablement accompli. Veuillez croire qu'indépendamment de l'intérêt de cette sainte cause, j'aurais saisi avec empressement toute occasion de vous rendre personnellement service dès que cela m'était possible. Permettez-moi d'ajouter que je n'accepte l'envoi de ces 1,000 francs qu'avec la certitude que vous me donnez qu'il n'en résulte pour vous aucun inconvénient ou embarras quelconque; autrement je vous prierais très instamment de choisir le moment qui satisferait complétement à toutes vos convenances.

Recevez, je vous prie, Monsieur et honorable collègue, mes sincères félicitations sur le succès de vos persévérants efforts, et l'assurance de mes sentiments les plus distingués et tout dévoués.

Signé V. DE TRACY.

J'ai écrit à MM. Berville et Larabit dans le même sens qu'à M. V. de Tracy; voici la réponse de ces messieurs :

Lettre de M. Berville à M. Bissette.

MONSIEUR ET T.·. C.·. F.·.,

Je suis bien touché de votre bon souvenir et de celui de vos commettants, qui veulent bien se rappeler un léger témoignage de sympathie donné autrefois à leur cause. Aujourd'hui, cette cause est gagnée. Reste maintenant à la glorifier par la modération qui conserve et par le travail qui féconde. Ce sont, je le sais, vos dispositions personnelles et celles que vous cherchez à inspirer aux populations dont vous méritez la confiance. Puissent cette fois encore vos soins être couronnés de succès! C'est un vœu et c'est un espoir que je suis heureux de vous exprimer.

Veuillez, Monsieur et T.·. C.·. F.·., agréer à votre tour mes salutations frat.·.

Signé BERVILLE.

24 février 1850.

Lettre de M. Larabit à M. Bissette.

Paris, 28 février 1850.

MONSIEUR ET HONORABLE COLLÈGUE,

Vous m'avez fait remettre un billet de cent francs que je vous avais prêté dans un temps d'abondance. Vous me le rendez quand les revenus s'arrêtent ou s'amoindrissent partout.

C'est avec bonheur que j'ai vu l'émancipation de nos frères noirs. C'est avec bonheur que je les vois siéger au milieu de nous.

Mais quand je vois des hommes s'emparer de la liberté comme d'un instrument pour les plus terribles passions, je ne puis m'empêcher de frémir pour les blancs et les noirs.

Si les noirs sont les plus sages, ce sera un grand argument de plus en faveur de l'égalité des races.

Vous vous êtes signalé par un long dévouement; travaillez avec nous à calmer les passions et à sauver la liberté des excès qui la menacent.

Recevez, Monsieur et cher collègue, l'assurance de mon attachement et d'une haute considération.

Signé LARABIT, représentant du peuple.

Quant à M. Isambert, auquel j'avais écrit aussi une lettre semblable pour lui remettre *cent francs* que je lui devais, au même titre qu'à ces Messieurs, voici son accusé de réception :

« Reçu de M. Bissette cent francs en remboursement « d'un prêt de pareille somme, que je lui ai fait, sans « intérêt, à M. Bissette, le 8 janvier 1843. Dont quit- « tance, à Paris, ce 22 février 1850. »

Signé ISAMBER T.

B

(Pages 22, 47 et 76.)

Lettre de M. Isambert à M. Mayer.

« Paris, le 1er mai 1848.

« MONSIEUR,

« Vous avez désiré avoir de moi des renseignements « sur trois faits qu'on impute à M. Bissette.

« Le premier d'avoir mis en gage des couverts que je « lui ai prêtés ; le second d'avoir été témoin d'une scène « fâcheuse qu'il aurait eue avec M. Bastide ; le troisième « d'avoir été chassé indignement chez moi par M. La- « vocat.

« Les souvenirs qui m'attachent à M. Bissette par le

« procès qui lui a été fait dans son pays, et dont j'ai « obtenu l'entière abolition par les voies de la justice, « et l'intérêt qui s'attache au rôle de victime qu'il a eu « à subir; la ruine qui en a été pour lui la suite, m'ont « toujours porté à lui venir en aide, dans les circons- « tances pénibles où il a pu se trouver. (1)

« Quant aux frais faits dont il s'agit, je n'ai aucune « connaissance qu'il ait mis en gage les couverts dont il « s'agit et qu'il m'a rendus; le fait relatif à M. Bastide « m'est absolument étranger : jamais M. Bissette n'a été « chassé de chez moi; et la scène dont on parle avec « M. Lavocat ne s'est point passée dans ma maison.

« Agréez, monsieur, etc. »

Signé ISAMBERT.

(1) J'en demande bien pardon à l'honorable M. Isambert; il se trompe ici, il ne m'est jamais venu en aide dans aucune circonstance. Une fois seulement, à l'occasion d'un procès pour délit de presse, je fus condamné à 1,500 francs, et les frais en plus; il m'offrit par lettre que je conserve encore d'ouvrir une souscription pour ces frais et la condamnation. Je m'y refusai; néanmoins je reçus de cet honorable magistrat 100 francs, que je lui ai remis depuis. Il serait bien impossible à M. Isambert de prouver que jamais j'aie eu recours à lui pour un service d'argent. Est-ce que je ne savais pas comme ce bon La Fontaine que :

« La fourmi n'est point prêteuse :
« C'est là son moindre défaut. »

Et vous eussiez voulu que j'allasse m'exposer à un refus de M. Isambert, qui eût été plus malheureux pour lui que pour moi !

En pareille circonstance, M. Isambert sait que j'ai toujours été pour lui d'un dévouement, d'une loyauté et d'une générosité que rien n'égale; c'est ce qui ressort de ses diverses lettres à moi adressées *postérieurement* à cette misérable histoire inventée à plaisir, au sujet de ses couverts d'argent. (V. les Notes finales qui suivent, page 146.)

C

Lettre à M. Étienne Arago.

Paris, le 12 août 1846.

MONSIEUR,

C'est à la bienveillante sympathie de quelques-uns de mes jeunes amis et compatriotes, qui me l'ont fait lire, que je dois la connaissance de votre feuilleton de *la Réforme* du 3 de ce mois, sur le drame le *Docteur noir*, de MM. Anicet-Bourgeois et Dumanoir.

J'ai été engagé par mes amis à vous écrire cette lettre, pour protester en leur nom et au mien contre la fausse appréciation que, dans votre amitié pour M. V. Schœlcher, vous avez faite de ses écrits *philanthropiques* à l'endroit des nègres et des mulâtres, en lui adressant votre feuilleton.

Cette appréciation, au point de vue de l'émancipation des hommes de couleur, m'a paru de tous points contraire à la vérité; et, quoique je n'aie pas l'honneur de vous connaître personnellement, j'honore trop votre caractère et reconnais trop l'autorité de votre nom, pour que je n'aie pas saisi avec empressement cette nouvelle occasion de rectifier des faits qui peuvent induire en erreur ceux qui ne connaissent pas les écrits de M. Schœlcher sur les colonies et sur la race noire, et qui pourraient se laisser séduire sous le patronage ou la garantie que vous prêtez à ces écrits.

Avant d'entrer dans des détails sur ce sujet important, permettez-moi, Monsieur, de vous exprimer ma vive sympathie pour ce que vous avez dit judicieusement de l'arrêt de la cour royale de la Martinique, qui condamna, en 1824, mes compatriotes Fabien, Volny, et moi. J'ai vu avec plaisir l'expression de la généreuse indignation avec laquelle vous flétrissez cet inique arrêt, et le reproche justement mérité que vous adressez, en même temps, aux auteurs de ce drame, d'avoir désigné l'un de nous, jusque dans la triste circonstance qui le représente comme aliéné ; mais je vous avoue, Monsieur, que j'ai lu avec des sentiments bien différents les éloges que vous prodiguez avec tant de largesse aux écrits publiés par M. Schœlcher, et auxquels vous attribuez l'émancipation des hommes de couleur.

En attachant au nom de M. Schœlcher un mérite qu'il n'a pas et qu'il ne s'est pas donné dans l'œuvre de notre émancipation, vous vous êtes gravement trompé. — Que des esprits légers, superficiels tombent dans une telle erreur, cela se conçoit, quand il s'agit de ces hommes du lendemain, de ces nouveaux venus dans l'arène, qui tâchent de faire oublier leur passé en exagérant leur équivoque concours d'un jour. — Vous ne sauriez prêter la main, Monsieur, à de telles manœuvres.

Outre le manque de modestie qu'on pourrait reprocher à M. Schœlcher dans cette occasion, on pourrait mettre encore en regard son prétendu dévouement avec le dévouement sans conteste de tous les hommes généreux qui depuis plus de vingt-cinq ans défendent notre cause avec autant de talent que de persévérance, sans avoir besoin de la calomnie et de ces phrases bassement outrageantes que la race noire devra éternellement reprocher à M. Schœlcher.

Ces vrais amis de notre cause, que nous avouons et reconnaissons, n'ont jamais eu la prétention de se donner à nous comme des sauveurs, ni d'exercer cette espèce de tyrannie en s'imposant par une obsession continue à notre reconnaissance; car c'est une véritable tyrannie, Monsieur, et la tyrannie, sous quelque forme quelle se présente, est toujours odieuse, toujours révoltante pour ceux auxquels on la veut faire subir.

Vous prétendez que les hommes de couleur tombent naturellement dans le domaine de M. Schœlcher! que leurs intérêts ne devraient être débattus que par lui. Les nègres, les mulâtres, les métis, les griffes, selon vous, lui *appartiennent par droit de dévouement.*

Et, en vous adressant toujours à M. Schœlcher, vous ajoutez :

« Ces hommes de couleur, à l'émancipation desquels « tu as dévoué ta vie, les auteurs de ce drame nous les « ont montrés comme des êtres *avant tout résignés.* « Oh! ce n'est pas ainsi cependant que tu nous les as « fait connaître! »

Puis, vous terminez en lui disant qu'à la représentation du *Docteur noir* « on s'est intéressé grandement à « un mulâtre et à la femme blanche, qui foule aux pieds « d'injustes préjugés de couleur. C'est une victoire « pour tes opinions. Pends-toi, Schœlcher, tu n'y étais « pas! »

C'est sur le volume qu'a publié M. Schœlcher, intitulé : *Des Colonies françaises,* que vous vous appuyez, Monsieur, pour gratifier votre ami de tous ces droits, de tous ces priviléges à la reconnaissance de la race noire.

C'est là une grande erreur de votre part, Monsieur, et vous avez trop sacrifié à votre amitié pour M. Schœlcher, la vérité, l'histoire et le dévouement des vrais amis des noirs et de leur émancipation. Les hommes de couleur ne tombent ni naturellement ni autrement dans le domaine de M. Schœlcher, et leurs intérêts ne sauraient être confiés à de plus mauvaises mains que les siennes. Donc, ni les *réclames* de toutes sortes en faveur de ses livres, ni même les ridicules prétentions de M. Schœlcher, ne pourront faire que ce qui est ne soit pas : à savoir, que M. Schœlcher, dans ses écrits, s'est montré plutôt l'ennemi que l'ami de notre cause et de notre émancipation. Je dis *l'ennemi* de notre cause et de notre émancipation, parceque c'est ma conviction ; et cette conviction, je l'ai puisée dans les nombreuses pages de tous ses livres. Je me contente de quelques citations prises au hasard.

« Les femmes de couleur, dit-il, qui vivent TOUTES EN « CONCUBINAGE ou dans la DISSOLUTION, parmi lesquelles « les blancs viennent chercher leurs maîtresses comme « dans un bazar, contribuent par leur *libertinage* à en- « tretenir *l'abaissement* de la *race qu'elles déshonorent*... « Les hommages de la caste privilégiée les flattent, et « *elles aiment mieux se livrer* à un blanc, vieux, sans « mérite et sans qualité, *que d'épouser* un sang mêlé. « Les exemples ne manquent pas de ce *déplorable effet* « *de la corruption.* » (Voy. *Les Colonies françaises*, page 193.)

Mais poursuivons ces hideux détails *philanthropiques*, quelque dégoût que nous éprouvions à les reproduire :

« Les femmes libres, aux colonies, n'ont pas le peu de « ressources que possèdent leurs frères pour échapper à « la misère..... Elles se trouvent obligées de suppléer à « ce qui leur manque par des *moyens déshonorants*. Aux « femmes libres qui n'ont pas *un esclave pour les faire* « *vivre de son labeur*, il ne leur reste, *n'hésitons pas à le* « *dire*, il ne leur reste *que la prostitution*. » (*Voy.* p. 193-194, même volume.)

Dès lors, d'après M. Schœlcher, *toutes les femmes libres* qui possèdent aujourd'hui des esclaves se livreront *à la prostitution pour vivre* le jour où s'accomplira l'œuvre de l'abolition de l'esclavage, puisque les esclaves qui les font vivre de leurs labeurs seront affranchis. — Cette réflexion ne vous semble-t-elle pas la conséquence forcée de l'assertion de votre ami ? — Mais ce n'est pas tout ; ayons jusqu'au bout le courage de reproduire ces pauvretés, ces sales calomnies, comme celles qu'il adresse, dans la même page, aux ouvrières de France :

« Au milieu de tant de *vices* et de *dépravations*, au « milieu de tant de *misères* et de *mépris*, aurais-je « dû dire ; car misères et mépris comportent *tous les* « *vices* et *toutes les dépravations*, etc., etc. » (*Voy.* p. 194, même volume.)

Déjà, à la page 190, M. Schœlcher avait dit :

« Les gens de couleur, *presque tous sans famille, fruits* « *du concubinage* ou *de la débauche*, plus ou moins « abandonnés de leurs parents, mais *nécessairement in-* « *fectés des vices du pays*, etc., etc. » — C'est ce qui explique cette pensée de M. Schœlcher sur la *dépravation*, la *misère* et le *mépris* au milieu desquels il a vu *tous ses protégés.* Le *protecteur!* (*Voy.* encore *Revue de Paris*, 1830, t. xx.) De plus, dans ce même volume de la *Revue de Paris*, M. Schœlcher s'exprime ainsi :

« La *dissolution des mœurs*, chez les nègres, est telle « que pour cinquante sous *un mari cède sa femme* à un « autre pendant huit jours. »

Et vous, Monsieur, ami de M. Schœlcher, qui avez sans doute lu son livre sur les colonies françaises, ses articles dans la *Revue de Paris*, vous adressez aux auteurs du *Docteur noir* le reproche d'avoir représenté le mulâtre comme un être *résigné* à son sort ; vous vous plaignez à M. Schœlcher de cet écart de MM. Anicet-Bourgeois et Dumanoir ! Dans cette circonstance, votre mémoire a été deux fois la dupe de votre cœur : d'abord, dans cette assertion relative au prétendu dévouement de M. Schœlcher ; ensuite dans les prétendues doctrines de ses livres contre la résignation des hommes de couleur. Non, il n'est pas vrai que M. Schœlcher ait dévoué sa vie à l'émancipation des hommes de couleur, et personne ne peut lui attribuer le mérite de cette émancipation. C'est historiquement contraire à la vérité, et je vais le démontrer.

A l'époque où il fut question, après 1830, de l'émancipation des hommes de couleur, nous n'avons pas rencontré une seule fois M. Schœlcher, une seule fois, dans les rangs des hommes généreux qui, bien avant cette époque et alors, s'étaient dévoués à notre cause et au triomphe de notre émancipation. — Avec votre permission, Monsieur, je prendrai la liberté de dire (car j'ai conservé avec le souvenir des faits la reconnaissance la plus vive pour tous les amis des noirs qui nous ont prêté l'assistance de leurs efforts et de leurs talents), je prendrai la liberté de dire que, toutes les fois que M. Schœlcher a pris la plume, c'était, ou pour combattre notre émancipation, ou pour émettre des idées nuisibles à cette émancipation. En voici la preuve :

Dans une brochure publiée en 1833 par M. V. Schœlcher, intitulée : *De l'Esclavage des Noirs*, M. Schœlcher se bornait, lui, à demander en faveur des *hommes de couleur* qu'ils ne fussent plus fouettés, qu'ils ne fussent pas assimilés aux esclaves par le châtiment des *trois piquets.* C'était de sa part une naïveté, car ce qu'il demandait qu'on ne fît pas n'avait jamais existé pour les hommes libres. — Quant aux esclaves, comme par le passé, ils devaient être fouettés à nu, parceque, disait M. Schœlcher, « *il faut bien tolérer le fouet !* Enlevez, « ajoutait-il, ce *moyen* au propriétaire, il ne pourra plus « faire travailler. » — Puis il *permettait* qu'un propriétaire pût *maltraiter son esclave à un certain degré.* — Il émettait aussi le vœu « qu'on en vînt à ne *pouvoir* « *infliger le fouet ailleurs que dans un lieu public.* » — Afin, sans doute, d'avilir de plus en plus, par cette exposition publique, la race qu'il est censé protéger, et dont il se dit le *grand émancipateur !* (Voy. *De l'Esclavage des Noirs,* pages 108, 123 et 125.)

Il y a mieux encore. Un de ses amis. M. F. Milliroux, lui ayant confié, pour être déposée à la chambre des Députés, une pétition se rattachant à l'émancipation des esclaves, pétition qui naturellement devait provoquer une de ces discussions publiques si favorables à l'abolition de l'esclavage, M. Schœlcher s'abstint de déposer la pétition, craignant sans doute de « *compromettre les* « *intérêts et la vie de tant de colons attachés à l'escla-* « *vage.* » — C'est lui-même qui en fait l'aveu, page 142 de sa brochure *De l'Esclavage des Noirs*, 1833. Voici ce qu'il dit :

« Quant à m'adresser directement à la Chambre, *je* « *n'en eus jamais l'idée.* Après un long délai, quelque « honorable rapporteur serait venu dire, un samedi, au « milieu de ses collègues indécemment couchés sur le « dos, et occupés à lire leur correspondance, ou à lor- « gner les femmes des tribunes : Messieurs, ce projet, « contenant des vues éminemment utiles, nous avons « l'honneur de vous proposer d'en faire le renvoi au « ministre de la marine et des colonies. »

Puis il ajoutait :

« On sait que les pétitions renvoyées aux ministres, « par la *chose* qui tient lieu en France d'Assemblée lé- « gislative, sont toujours celles qu'ils lisent le moins et « qu'ils oublient le plus vite. »

Assurément tout ce raisonnement est faux et ne signifie rien du tout, et cette excuse n'en est pas une ; car le moment était plus opportun que jamais, au sortir d'une révolution, pour obtenir des réformes. — Dans tous les cas, il serait resté la discussion publique, qui eût éveillé et soutenu l'opinion publique en faveur de l'émancipation. Donc, en s'abstenant de provoquer cette discussion, sous le prétexte ridicule que les députés s'occuperaient à lorgner les femmes des tribunes ; c'était sacrifier l'intérêt de l'émancipation, et non s'y montrer dévoué.

Aujourd'hui, il est vrai, M. Schœlcher adresse des pétitions *à la chose qui tient lieu en France d'Assemblée législative ;* il fait après coup ce qu'il aurait dû faire avec les amis de notre émancipation ; ce qu'il aurait dû faire avec nous en temps opportun : d'où il faut conclure que sa confiance est plus grande dans la *chose qui tient lieu* de chambre en 1846, qu'elle ne l'était dans celle de 1830, sortie de la révolution de juillet ; ou bien que son radicalisme s'est singulièrement modifié depuis cette époque, puisqu'il aime mieux s'adresser aux 213 *prit-chardistes* (mot à la mode), qu'aux 221 de la révolution de juillet. — Mais M. Schœlcher va vous répondre qu'il *n'a pas voulu bouleverser le monde à cette époque.*

Non, Monsieur, encore non, ce n'est pas à M. Schœlcher qu'il convient d'en appeler de l'appréciation telle quelle du caractère du mulâtre, faite par les auteurs du *Docteur noir ;* ce n'est pas à M. Schœlcher qu'il faut en appeler, lui qui montre les mulâtres lâchement résignés dans leur condition *d'où ils n'ont rien fait pour sortir ;* lui qui, page 67 de son livre des *Colonies françaises,* dit que les noirs adorent avec stupidité la bienveillance qui daigne leur donner du bouillon lorsqu'ils sont malades; lui qui, page 203 du même livre, dit que la postérité fera l'éternel reproche aux hommes de couleur de ne s'être *point mêlés aux luttes fraternelles ;* lui qui accuse ceux des nôtres élevés au sein des colléges de France, sitôt qu'ils retournent aux colonies, de se dégoûter vaniteusement de l'infime condition où ils se trouvent, ne sachant pas se suffire avec l'élite de leurs semblables ; qui les accuse d'aspirer à ce qu'ils devraient mépriser, de s'irriter de leur solitude, et de quitter peu à peu le pays pour n'y plus reparaître ; lui qui les accuse d'abandonner la patrie avec la noble tâche qu'ils avaient à remplir pour la réhabilitation de leur race, en désertant une cause sacrée ; lui enfin, qui cite l'exemple d'un officier d'artillerie de sang mêlé (M. Perrinon), envoyé à la Martinique, comme ayant demandé vite à permuter, ne pouvant tolérer la situation gênante que lui faisait la couleur de sa peau, et d'avoir reculé devant quelques déboires passagers.

Est-ce clair ? Eh bien ! voici qui ne l'est pas moins, et vous allez voir que M. Schœlcher ne juge pas, comme M. Dumanoir le créole, que le nègre et le mulâtre soient dignes de la liberté ! Écoutons-le :

« L'oisiveté qui dévore et avilit cette race (les mulâ-« tres), sa médiocrité, ses moyens d'existence toujours « problématiques, son *inutilité*, ses mœurs répréhen-« sibles, son manque de dignité et le peu d'estime que « mérite la majorité de ceux qui la composent, etc. » (Voy. *Les Colonies françaises*, p. 190.)

Et ailleurs :

« Loin de nous la pensée de *bouleverser le monde, de « compromettre les intérêts et la vie de tant de colons « attachés à l'esclavage*. Ceux qui veulent *l'émancipa-« tion des noirs* actuelle et spontanée parlent, agissent « dans un esprit d'humanité très honorable, sans doute ; « mais, *soit ignorance, soit entraînement*, ils ne tien-« nent pas compte d'une circonstance, c'est l'état mo-« ral *de nos protégés. Que faire de nègres affranchis ? « Pour quiconque les a vus de près, cette question est « impossible à résoudre*. Les nègres sortis des mains de

« leurs maîtres avec l'ignorance et tous les vices de « l'esclavage *ne seraient bons à rien, ni pour la société* « *ni pour eux.* Je ne vois pas plus avec personne *la né-* « *cessité d'infecter la société actuelle, déjà assez mau-* « *vaise, de plusieurs millions de brutes décorées du titre* « *de citoyen*, qui ne seraient en définitive qu'*une vaste* « *pépinière de mendiants et de prolétaires.* Quant à cela, « laissons faire le grand maître : LA MORT, etc. » Et « M. Schœlcher termine ainsi son éloquent plaidoyer « en faveur de l'esclavage contre la liberté : « *Envisager* « *la question autrement* que moi, *c'est faire du senti-* « *ment en pure perte.* » (Voy. *Revue de Paris* 1830, ar- « ticle signé V. Schœlcher.)

Eh bien! pensez-vous maintenant, Monsieur, que les intérêts des hommes de couleur ne devraient être débattus que par M. Schœlcher? Que les hommes de couleur tombent naturellement dans son domaine? Que ces nègres, ces mulâtres, ces métis, ces griffes lui appartiennent par droit de dévouement! Qu'il a dévoué sa vie à leur émancipation? — Etes-vous édifié, et ces citations puisées dans les écrits de votre ami suffisent-elles pour vous désabuser de vos erreurs et vous prouver que nos intérêts peuvent être confiés en de meilleures mains que les siennes? N'est-il pas vrai que votre ami a fait connaître le nègre et le mulâtre sous des couleurs bien plus avilissantes que le créole Dumanoir, qui ne les montre lui, dans son drame, que résignés? N'est-il pas vrai encore que les auteurs de ce drame ont sur M. Schœlcher cet avantage qu'ils n'ont fait *connaître* qu'un être fantastique, créé, bâti au gré de leur imagination, un personnage enfin pour la scène, pour le théâtre ; tandis que M. Schœlcher, lui, a fait *connaître* le mulâtre tel qu'il le suppose, à son point de vue, sur la scène du monde? En un mot, MM. Anicet Bourgeois et Dumanoir ont écrit un roman, un drame, et M. Schœlcher prétend avoir écrit l'histoire.

Mais, pour faire de l'histoire, il faut avoir, vous le savez, des connaissances que ne possède pas M. Schœlcher. Et c'est une erreur *phénoménale* de prétendre qu'il lui suffit d'avoir voyagé quelques mois aux Antilles, pour avoir acquis la science infuse, et se croire capable d'écrire sur les mœurs et sur toutes les questions coloniales des gros volumes *destinés à faire autorité* dans la question de l'émancipation. On peut bien réussir à entasser des balivernes de toutes sortes, des mots composés de syllabes vides de sens ; tout cela ne fait pas qu'on ait droit et privilége de débattre nos intérêts. A ce titre, Monsieur, d'autres voyageurs qui ont parcouru les Antilles à la même époque que M. Shœlcher pourraient aussi revendiquer les mêmes droits et priviléges que lui. Je ne veux pas citer de noms propres dans le rapprochement que je fais ici de ces voyageurs ; je serai suffisamment compris. Et certes, s'il s'agissait du mérite, comme écrivain, je ne vois pas pourquoi ceux auxquels je fais allusion n'obtiendraient pas de la confiance des nègres et des mulâtres le privilége de défendre leurs intérêts. Chacun a sa manière et ses tours, et peut prétendre également nous défendre en défendant les colons dont les intérêts ne sont pas les nôtres.

Si le sujet comme le dénouement du *Docteur noir*, que nous ne connaissons que par l'analyse que vous en faites dans *la Réforme*, est une *victoire pour les opinions* de M. Schœlcher, nous l'en félicitons de tout notre cœur, et désirons bien sincèrement que cette victoire de ses opinions ne soit pas aussi funeste à l'émancipation de *ses protégés* que ne l'a été pour eux *la victoire* que ses livres ont procurée *aux opinions* des colons, *ses hôtes bons et généreux* des Antilles françaises.

Oui, Monsieur, les livres de M. Schœlcher ont été une victoire pour les opinions des possesseurs d'esclaves de nos colonies. Et les tristes conséquences de leur publication dans une ancienne colonie à esclaves, aujourd'hui Etat indépendant, ont complété cette victoire. J'avais prévu ces sinistres résultats lorsque je fis la critique du volume de M. Schœlcher *sur les Colonies françaises;* et je n'avais assigné ces résultats que dans un temps donné, éloigné de nous, et pour les colonies françaises seulement où existe l'esclavage. Mais son volume sur Haïti, qui a paru postérieurement, a porté ses fruits. — On s'en était vanté dans le principe, et les amis avaient fait chorus ; depuis on s'est tu et on se tait encore ; on fait même l'indifférent, on se voile, parceque le sang a coulé à torrents.

Oui, Monsieur, toute la vie de M. Schœlcher, toutes ses larmes ne suffiront jamais pour réparer le mal qu'il a causé en Haïti, soit par ignorance ou autrement. Il peut chercher à s'étourdir sur de tels résultats, n'en point parler, et faire semblant de ne pas s'apercevoir de ce qui se passe loin de lui, en reportant exclusivement l'attention sur les colonies françaises et faire ainsi diversion à l'opinion ; mais les amis de notre cause, et nous, qui ne voyons pas exclusivement les intérêts de la race noire aux colonies françaises, il nous est permis de juger autrement ses livres et de savoir à quoi nous en tenir sur son dévouement.

Qu'il travaille ou non au succès de l'abolition de l'esclavage, l'abolition de l'esclavage arrivera sans ses efforts. Et, quoiqu'il fasse ou ne fasse pas, jamais notre reconnaissance ne lui sera acquise ; car il n'est pas en son pouvoir de réparer tout le mal qu'il a fait à notre race par ses incitations et ses provocations, qui ont eu pour résultat de réveiller des rivalités de castes, tristes fruits de l'esclavage, dans un pays où l'union et la paix sont si nécessaires pour résoudre ce grand problème si contesté par nos ennemis : la civilisation des nègres sous un gouvernement fondé par eux-mêmes.

Ah ! oui, Monsieur, les colons peuvent dire avec vous : « Pends-toi, Schœlcher, tu n'y étais pas ! »

Et si jamais M. Schœlcher, ce grand *apôtre de la liberté des noirs et de l'émancipation des hommes de couleur, des griffes et des métis, que sais-je !* allait prendre à la lettre ces paroles, et voulait par une sorte d'expiation mettre fin à ses jours, croyez-bien, Monsieur, que nous détournerions votre ami de ce sacrifice ; car pour nous, pauvres nègres et mulâtres, qui ne demandons pas la mort du pécheur, mais sa conversion, nous lui demanderions de faire de ses méchants livres un *auto-da-fé*, de les livrer aux flammes pour toute pénitence.

J'ai fini, Monsieur, et si quelqu'un s'étonnait encore de mon intervention, de mon insistance à combattre les écrits de M. Schœlcher, je répondrais ce que j'ai déjà dit, à savoir : je me crois suffisamment autorisé à élever la voix pour protester pour tous et au nom tous, en ma qualité de descendant de nègres. — Et si parmi les hommes de cette race, à laquelle je suis fier d'appartenir, moi qui ne crois pas et ne dis pas avec M. Schœlcher, que c'est un *honteux malheur* pour un mulâtre de naître avec du sang africain dans les veines: si, dis-je, parmi les hommes de cette race, il s'en trouve un seul qui approuve en secret les honteux écrits de M. Schœlcher, sans oser l'avouer ouvertement; que celui-là ose se montrer à visage découvert, qu'il viennent combattre en face et réfuter les opinions et les sentiments que nous manifestons au grand jour; qu'il vienne, et qu'il ait le *honteux courage* de déclarer que nos critiques sont imméritées, injustes, parceque les mulâtres sont des êtres *inutiles;* qu'ils sont *tous le fruit du concubinage ou de la débauche;* que leurs mères, leurs femmes vivent *toutes de la prostitution* et *dans la dissolution*, comme l'a dit et écrit M. Schœlcher dans ses livres et ses articles de *Revue* suscités.

Je vous livre ces pages, Monsieur, que je destine à la publicité; libre à vous d'en faire de votre côté tout l'usage que dans votre loyauté vous jugerez convenable. Et je vous prie d'agréer l'hommage de ma considération très distinguée.

BISSETTE.

D.

(Page 82.)

Lettre de M. Hamelin, maire du 3e arrondissement, à M. Bissette.

« Paris, 22 juillet 1849.

« MONSIEUR,

« Par ordre supérieur vous êtes invité à rapporter, « dans les vingt-quatre heures, à la mairie, les armes « qui vous ont été confiées lors de votre admission dans « l'artillerie de la garde nationale. (1)

« Je dois vous prévenir que dans le cas où vous ne « vous conformeriez pas à la présente indication vous « seriez exposé à des désagréments qu'il vous sera facile « d'éviter.

« Veuillez agréer, etc. « *Signé*, le Maire,

« HAMELIN. »

Voici le reçu du désarmement, livré en mon absence au concierge de la maison.

« Reçu de M. Bigot, concierge de la maison rue Richer, 39, une carabine de sapeur et sa baïonnette et « un sabre poignard ayant été entre les mains de « M. Bissette père.

« *Signé* BÉGINOT,

« Paris, 24 juillet 1849.

« Adjudant-Major, 3e LÉGION. »

(1) Si j'avais été rayé des contrôles de la légion d'artillerie, comme le publie *mensongèrement* dans son livre le citoyen Schœlcher, on n'eût pas attendu la dissolution de l'artillerie après le 13 juin 1849 pour me réclamer les armes qui m'avaient été confiées.

E.

(Page 84.)

Extrait du journal le GLOBE du 30 octobre 1841.

« M. Schœlcher a le malheur d'être athée et de croire
« que le mariage est la première de toutes les immora-
« lités : C'est encore ainsi qu'il l'a dit lui-même à qui
« a voulu et à qui n'aurait pas voulu l'entendre.
« M. Schœlcher n'est donc pas un voyageur ordinaire ;
« c'est un homme qui ne croit ni à Dieu ni au mariage,
« et qui voudrait réformer le monde au nom de ses
« idées. M. Schelcher a partout prêché son athéisme et
« sa haine du mariage. En voyant une dame faire prier
« Dieu à ses petits enfants, il s'écria que c'était une
« chose déplorable de voir de pareilles choses dans un
« siècle aussi éclairé. Comme il déblatérait un jour con-
« tre les personnes qui se marient, on lui parla, croyant
« l'arrêter, de son père et de sa mère ; il répondit quel-
« que chose de si horrible que nous n'osons pas le
« répéter, et que nous voudrions l'oublier. . . . .
« . . . . . . , ...
« Les monstruosités irreligieuses et immorales qu'il dé-
« bitait lui donnaient une tournure d'homme sincère...
« Un homme qui dit froidement sur sa mère les choses
« horribles que M. Schœlcher en a dites, devant des
« personnes étrangères, qui frémissaient à les entendre,
« doit confondre, sans le vouloir, les notions les plus
« simples et les plus aisées. M. Schœlcher voit des
« préoccupations dans les faits. Voilà tout. »

Et dans son numéro du 31 octobre 1841, *le Globe* ajoutait ceci :

« Nous persistons à penser que les doctrines de « M. Schœlcher, celles qu'il a partout hautement profes- « sées, sur la religion, sur la morale et sur la société, « et surtout les opinions qu'il avait déjà émises sur les « Colonies, avant de les connaître, ont pu seules l'aveu- « gler assez pour lui dérober l'existence même des faits « et l'empêcher d'en porter l'expression exacte à la con- « naissance du public, ainsi que les colons qui l'ont « si cordialement accueilli l'attendaient de sa fran- « chise.

« Nous ajoutons ici, de très grand cœur, au sujet des « observations que des lecteurs nous ont faites, relati- « vement au passage où nous parlions de la mère de « M. Schœlcher, que notre pensée n'est pas allée et n'a « pas pu aller jusqu'à manquer au respect que nous por- « tons à toute femme, et que nous devons à toute mère. « M. Schœlcher a le malheur de posséder et d'exprimer « tout haut, sur Dieu, sur le mariage, sur la famille, sur « la paternité et sur la maternité, considérés philoso- « phiquement, des idées que nous trouvons horribles. « Eh bien ! c'est seulement de ces idées philosophiques, « c'est à dire monstrueuses, de M. Schœlcher, sur la pa- « ternité et sur la maternité que nous avons parlé et pu « parler ; nous trouvons que pour réfuter ces idées il « n'est pas nécessaire d'être philosophe ; il suffit d'être « fils. Ce n'est pas nous, qui défendons la morale du « christianisme et la famille qu'il a instituée, attaquées « chaque jour par des journaux athées et par des hommes « se vantant de l'être, ce n'est pas nous qui attenterons

« à l'inviolable respect dû aux parents, et que Dieu lui-« même a mis dans sa loi.

« Du reste, nous aimons à croire que M. Schœlcher, « égaré par des théories déplorables, et mal défendu par « des études incomplètes, reviendra lui-même un jour « de son égarement ; il suffit pour réparer les erreurs de « l'esprit de la rectitude des sentiments et de la sincé-« rité de l'âme ; et nous n'avons aucune raison de pen-« ser que M. Schœlcher soit irrésistiblement privé de « ces deux qualités morales. »

C'est sur ces faits que M. Schœlcher invoque mon témoignage ; il prétend que je sais qu'il en a obtenu réparation. Voici en effet cette réparation : M. Schœlcher ayant abandonné au journaliste ses principes et ses doctrines, *le Globe* publia dans son numéro du 4 novembre les lignes suivantes à *la satisfaction* de M. Schœlcher :

« Il résulte d'explications échangées aujourd'hui entre « notre rédacteur en chef et deux amis de M. Schœl-« cher, qui sont venus de sa part dans nos bureaux, que « M. Schœlcher nous abandonne ses doctrines ; nous les « avons attaquées et nous les attaquerons encore, sans « aucune intention, comme nous l'avons déjà dit, de « l'offenser personnellement. Nous ne mettons pas en « doute un instant la bonne foi et la loyauté de M. Schœl-« cher, mais nous persistons à déclarer que les faits, ou « pour mieux dire, une grande partie des faits qu'il a « racontés dans un feuilleton du *National*, sont matériel-« lement inexacts. »

C'est là toute la réparation et la satisfaction qu'obtint M. Schœlcher du rédacteur du *Globe*.

F.

(Page 89.)

Je reproduis ici trois lettres qui m'ont été écrites dans le temps par des amis de M. Schœlcher. L'une est de M. le baron Linstant, de l'empire de Haïti, et les deux autres de M. Marcellin, capitaine de lanciers. M. Schœlcher nous apprend que ce noble baron d'Haïti et le capitaine de lanciers sont des hommes de couleur estimés de leur classe tout entière, et qu'ils lui ont fait, eux aussi, l'honneur de lui écrire pour le complimenter sur ses livres. On va juger maintenant la portée de ces compliments adressés à M. Schœlcher et la valeur de ces messieurs qui se sont déclarés mes ennemis.

Lettre de M. le baron Linstant de Praline à M. Bissette.

« Havre, 3 octobre 1843.

« Mon cher Concitoyen,

« Les vents contraires nous retiennent ici depuis bien-« tôt quinze jours, et Dieu sait quand ils changeront.

« Nous avons appris, M. Georges et moi, que votre « réponse à Schœlcher est imprimée ; comme il n'est pas « probable que nous partions avant le 5 ou le 6, nous « serions bien aise d'en avoir quelques exemplaires pour « le pays. S'il vous en reste encore voulez-vous être

« assez bon pour nous en expédier cinq ou six ou un plus « grand nombre pour les amis à qui vous désirerez « qu'ils parviennent. Le plus tôt sera le meilleur ; vous « les adresserez à MM. Quesnel, négociants au Hâvre. .

« . . . .

« Adieu, mon cher concitoyen et frère : du courage, « vous en avez ; de la santé ; de la vie, et toujours la « même constance et la même énergie à défendre les « droits des nôtres ; voilà les vœux sincères de

« Votre concitoyen, frère et ami. »

Signé LINSTANT.

« *P. S.* Envoyez-nous ces exemplaires par le grand « bureau, ou par la poste. Enfin choisissez le moyen « qui n'exige aucun déboursé de votre part. »

Lettre de M. Marcellin à M. Bissette.

« Saumur, 20 janvier 1842.

« Mon cher monsieur Bissette, je regrette sincère- « ment que ma lettre n'ait pas pour but unique de vous « féliciter sur le nouveau témoignage que vous venez de « nous donner de votre dévouement et de votre patrio- « tisme dans la lettre imprimée que vous avez écrite, et « dont j'ai reçu un exemplaire. Il m'est pénible, dans « cette occasion, d'avoir aussi à vous entretenir de moi : « ma position m'y force.

« Ce que je vais vous dire ne sera pas nouveau pour « vous ; plusieurs fois déjà je vous ai fait part de mon « embarras, et avant mon entrée à Saint-Cyr, et après

« ma sortie. Maintenant c'est pire; ma position est « presque désespérante, tous mes fournisseurs me har- « cèlent; j'ai attendu vainement de l'argent des colo- « nies, je n'en reçois pas même de nouvelles. Il ne me « restera pour tout salut que de permuter avec un offi- « cier d'infanterie; mais alors tous ce que j'ai fait avec « tant de bonheur jusqu'ici, pour retourner aux colonies « au plus vite avec le grade de capitaine et aide-de-camp « d'un gouverneur, se trouvera complétement annulé, « perdu! Certes, voilà qui est bien fâcheux pour moi, « ce qui n'est rien; mais pour *les nôtres*, ce qui est beau- « coup. En effet, dans la cavalerie et dans mon régiment, « je suis certain d'être lieutenant dans dix mois, et je « n'aurai plus que deux ans à attendre pour passer aux « colonies, comme je le désire, et selon les promesses « qui m'ont été faites; tandis qu'en permutant, j'atten- « drai le même grade six ans au moins, et je perdrai « l'immense avantage de passer aux colonies comme je « le désire et comme on me l'a promis. Et qu'est-ce qui oc- « casionnerait cette mauvaise fortune? La modique somme « de deux ou trois mille francs qui m'est indispensable et « du *plus urgent besoin*. Il ne me reste plus que vous, mon « cher monsieur Bissette; si vous m'abandonnez, vous « connaissez toute mon histoire, vous savez tout ce que « j'ai fait, eh bien, tout sera perdu! Je viens donc vous « prier d'employer tous les moyens qui vous paraîtront « bons pour ne pas me laisser perdre le fruit de toutes « mes peines. Comme dernier moyen, un mariage; et « comme le dernier de tous, *un colon* à qui je pourrais « m'adresser pour avoir cette somme, en lui laissant « prendre hypothèque sur la maison de ma mère.

« J'ai écrit à Mme L. et à M. et Mme M., de la rue « Caumartin, 29, et au *capitaine* PERRINON ; personne ne « m'a répondu. Rassurez-moi, je vous prie, en m'hono- « rant d'un bout de lettre, car je crains que ma lettre ne « vous parvienne, *votre patriotisme vous ayant fait tant* « *d'ennemis!*

« Votre compatriote bien reconnaissant, respectueux « et dévoué. »

Signé MARCELLIN.

Autre lettre de M. Marcellin à M. Bissette.

« Saumur, 24 février 1842.

« MON CHER MONSIEUR BISSETTE,

« Desgrange me tient au courant de votre procès ; vous « ne pouviez éviter une condamnation. Si encore nos « compatriotes s'empressaient de payer tous les frais de « ce procès, comme c'est leur devoir, il n'y aurait pas « de mal, mais aux colonies l'indifférence et l'apathie « en matière politique sont si grandes que je ne suis pas « sans crainte pour vous.

« A propos, on annonce que la société abolitioniste « va tenir une séance solennelle et publique, le 7 mars, « à l'hôtel de ville de Paris ; je me recommande à vous « pour avoir quelques secours des honorables membres « de la Société. Je suis dans la plus grande afflic- « tion pour cause de dettes ; vous savez comment je « suis venu en France, vous m'avez vu arriver ; vous sa- « vez aussi comment je suis entré à Saint-Cyr ! eh bien,

« on n'a rien fait pour moi à la Guadeloupe ; mes parents « ne peuvent rien non plus ; de sorte qu'avec la conduite « la plus sage, la plus régulière, et je puis dire aussi « avec la vie la plus laborieuse que je mène, je dois à « tous mes fournisseurs d'armement, d'équipement, « d'habillement, etc., et ces gens m'accablent de vexa- « tions, au point que je ne sais où donner de la tête. « Veuillez, je vous prie, me recommander au duc de « Broglie, si brave et si digne ; si l'honorable président « de la Société abolitioniste voulait me faire prêter *trois* « *mille francs*, que je rembourserais dans un an, je se- « rais sauvé de la plus triste position, et je lui serais re- « devable d'une grande reconnaissance.

« Adieu, mon cher monsieur Bissette, bon courage ; « j'attends le moment où je pourrai passer aux colonies « avec une position convenable, pour être utile aux mal- « heureux Africains et à leurs descendants, nos frères.

« Je suis avec estime et reconnaissance,

« Votre ami. »

Signé MARCELLIN.

Il ne m'a pas été plus possible de faire la démarche que me recommandait dans cette lettre l'officier de l'an- ciers, soit auprès de la Société abolitioniste, soit auprès de M. de Broglie, président de cette société, pour lui avoir les trois mille francs dont il avait besoin, qu'il ne m'a été possible, en dernière analyse, de lui procurer *un colon* qui pût le tirer d'embarras.

J'ignore si c'est à cause de cette impossibilité que je retrouve aujourd'hui M. Marcellin parmi mes adversaires dont la liste est imprimée dans le livre de M. Schœlcher.

G.

Opinion de M. Perrinon sur ses compatriotes.

Saint-Pierre (Martinique), 23 mai 1837.

A Monsieur Bissette.

MON CHER AMI,

Je ne sais si je pourrai mener à bonne fin la résolution que j'ai prise de vous écrire ; je ressens en commençant cette lettre un si grand découragement que la plume me tombe des mains, et que je me demande en frémissant s'il n'est pas préférable de vous laisser encore quelques illusions que de vous parler à cœur ouvert d'une classe d'hommes à laquelle je rougis d'appartenir.

Où se sont réfugiés la reconnaissance, le patriotisme et le courage? A coup sûr ce n'est pas dans ce pays où on respire un air d'égoïsme qui étouffe, et où on rencontre à côté d'une fanfaronnade absurde une pusillanimité qui fait faillir le cœur le plus ferme. Ah! si je n'avais confiance en cette jeune génération qui s'élève en France, si je ne savais qu'il coule dans vos veines le même sang que dans celles de ces hommes au teint basané, je vous dirais : pleurez seul sur nos douleurs, car ceux que vous avez voulu élever à la dignité d'homme ne sont point des hommes, les hommes pensent et ont une âme; ne sont point des femmes, car les femmes se dévouent pour leurs enfants, pour leurs bienfaiteurs. Que sont donc ces êtres qui ont les formes de l'homme? ce sont des castrats. On dirait que la servilité a fermé leurs cœurs aux sentiments généreux et n'y a laissé accès qu'aux plus basses passions.

En voyant cet homme à l'air fier et à la démarche noble, vous croyez qu'il a une pensée généreuse ; ouvrez l'endroit où gît le siége de sa pensée et vous trouverez l'égoïsme ; que sais-je, en passant il épie peut-être votre maintien et vos paroles pour les vendre au chef qui le paie. Cet autre a signé une pétition pour l'émancipation, et le lendemain il vend son esclave à l'encan (1). Celui-là fait mieux, il ajoute au bas de la pétition des noms d'hommes qui sont opposés à l'émancipation et provoque ainsi des protestations scandaleuses.

Ne comptez plus sur des êtres dont la passion dominante est la soif de l'or et qui pensent qu'il est préférable de sacrifier à sa fortune ses droits et sa dignité ! Tel croit s'être acquitté envers vous de tous les devoirs de la reconnaissance, parcequ'il propose de changer un doublon pour vous offrir 50 centimes comme prix de vos efforts. Tel autre pense s'être élevé au dessus des blancs, parceque dans une représentation à bénéfice il a payé 15 francs un billet de premières pour lequel son voisin blanc n'a donné que 5 francs. Le premier me rappelle une caricature dans laquelle le roi souscrit pour des

(1) Allusion à un ami et adhérent de M. Schœlcher, qui vendit *sa sœur*, son esclave, tout en pétitionnant en faveur de l'abolition de l'esclavage. Ce citoyen passe, parmi ses amis de la petite coterie Schœlcher, pour le premier *démoc-soc* de la colonie. C'était le protégé de l'ex-procureur général Meynier.

malheureux en disant : Voici 5 francs, rendez-moi cent sous.

De pareilles paroles dans leur bouche ne seraient qu'une preuve de sordide avarice ; l'échange du doublon est une infamie, une ignoble spéculation sur le malheur. Car le doublon a sur le marché de Saint-Pierre une valeur au dessous du cours et celui qui trouve à le changer gagne en réalité trois ou quatre francs. Le second est un misérable qui se pavanera le soir aux premières et qui dira le lendemain qu'il n'a pas un centime à donner à ceux qui lui ont conquis la place qu'il occupait la veille. Et ne croyez pas qu'ici je raisonne sur de simples spéculations, ce que je vous rapporte s'est passé sous mes yeux.

Il y en a qui pousse la stupidité jusqu'à dire : à quoi bon payer un mandataire maintenant que nous jouissons des droits civils et politiques, et d'ailleurs n'avons-nous pas pour nous défendre les délégués du conseil colonial? *D'autres, oubliant ce que vous avez souffert pour eux, attribuent au temps et à la révolution de juillet la position dans laquelle* ils sont étonnés de se trouver, et ajoutent qu'ils ne *doivent rien* à personne. Aussi refusent-ils de s'abonner à votre *Revue des Colonies*, parceque cette *Revue* a pour mission de détruire leurs fortunes en demandant l'émancipation, et que le séjour d'un pareil pamphlet dans leurs maisons *les compromet aux yeux des colons et de l'autorité !*

Brisons là, car chacune de mes paroles est un coup qui déchire votre cœur et le mien ; brisons là, car le courage me manque pour vous rappeler toutes les turpitudes de cette tourbe d'êtres. *Souvenez-vous seulement que les hommes qui se sont dévoués pour une cause n'ont jamais rencontré qu'ingratitude* de la part de leurs frères, et qu'il serait de la plus haute injustice de punir les enfants des fautes de leurs parents. Au lieu de nous laisser abattre par l'ingratitude, faisons au contraire tous nos efforts pour relever cette *classe avilie par elle-même et par ses oppresseurs, et soyons soutenus par la consolante pensée que les générations futures apprécieront mieux que celles d'aujourd'hui les services rendus.*

S'il part un navire avant celui qui doit nous porter en France, je vous donnerai quelques notes sur les deux populations que j'ai visitées et sur les hommes qui les gouvernent.

Adieu, mon cher ami, je désire bien vivement être auprès de vous pour vous serrer la main et pour vous faire connaître combien depuis que je suis dans le pays *j'honore davantage votre beau caractère!*

Agréez l'attachement de votre tout dévoué.

Signé A. PERRINON.

Deuxième lettre.

Saint-Pierre, le 29 mai 1837.

A Monsieur Bissette.

MON CHER AMI,

Jusqu'à présent vos affaires ont été confiées à Saint-Pierre à des hommes dont la probité et la moralité sont loin d'être à l'abri de reproches. A part A. A. et F. M. il y a considérablement de choses à dire sur vos correspondants. J'oubliais de rendre hommage à la mémoire de M. Bermenil, qui s'est acquitté de son mandat avec la plus grande probité ; en le perdant vous avez perdu un patriote et un ami dévoué ; cette perte n'était pas irréparable, puisque vous aviez trouvé M. M. pour le remplacer.

Je ne comprends pas, mon cher, quel a pu être votre aveuglement en chargeant S. L. de vos intérêts. S. L. est un jeune homme sans consistance, sans position, *un ouvrier*(1) qui vit au jour le jour et qui se refuse à donner à M. M. toute explication au sujet de vos affaires ; et cependant il est positif qu'il a touché 900 francs au moins pour vous ; il prétend qu'il vous a prié de tirer sur lui et qu'il ne veut pas abandonner votre argent avant que cette traite n'arrive. Je crains bien pour vous qu'il n'y ait rien de vrai dans ce conte et qu'il ne reste à S. L. de vos 900 francs que le souvenir des verres de punch qu'il a pu prendre à vos dépens. Voici sur quoi je fonde mes préventions : M. M. a repris vos affaires aussitôt l'arrivée de la lettre de M. Lhomeyer. S. L. lui a remis des reçus d'abonnements qui avaient déjà été payés en partie ou en totalité.

Parmi ces doubles reçus il y en a sur lesquels se trouvent des à-comptes pris en spectacle, en bière et en punch. D'après de pareils faits, mon cher ami, vous voyez qu'il y a tout à préjuger contre S. L. ; et puis il y

1) Le *démoc-soc* Piquion dit Perrinon, dit Maximilien-Just, qui ne comprend pas *l'aveuglement* d'un *aristo* comme moi, qui accorde ma confiance à un OUVRIER ! Et voilà qu'aujourd'hui il me dénonce aux ouvriers, lui et son cher maître, le citoyen Schœlcher !

a un raisonnement bien simple à faire. Comment se fait-il que S. L., qui est parti de France en connaissant votre position, ait pu vous écrire pour vous prier de tirer sur lui une traite, au lieu de vous envoyer tout simplement une lettre de change ou votre argent en nature ? Il y a bien certainement là quelque chose d'inexplicable, et je crains bien qu'il n'y ait de plus quelque friponnerie sous jeu.

Une seule chose vous reste à faire pour vous sauver du naufrage, c'est d'envoyer à M. F. M. une procuration pour poursuivre tous vos débiteurs, car outre les 900 f. que S. L. a touchés il vous reste encore dû dans la Colonie. M*** fait toute la journée des marches et des contre-marches inutiles. Vous pouvez, dans le cas où S. L. vous aurait volé, avoir recours par le moyen de M*** sur une petite propriété que S. L. possède et qu'il cherche à vendre. Je vous dis cela en confidence ; ne l'ébruitez pas si vous voulez avoir quelques chances de rentrer dans vos fonds.

Depuis mon arrivée M*** a cherché à faire pour vous une souscription ; mais il n'a rencontré partout que la plus grande répugnance et le plus complet égoïsme.

J'ai, avant de terminer, une recommandation à vous faire : c'est de ne pas correspondre ici avec toute sorte de personnes. Il se rencontre parmi la classe un certain nombre de gens qui font métier d'agents provocateurs et qui sollicitent de vous des lettres qu'ils s'empressent de montrer aux blancs qui ont intérêt à les connaître.

Adieu. Votre tout dévoué.

Signé A. PERRINON.

Troisième lettre.

Rochefort, le 14 mai 1839.

MON CHER AMI,

La nouvelle du tremblement de terre qui a détruit le Fort-Royal m'avait bien vivement affligé sans doute ; cependant je me sens le cœur encore plus serré en pensant qu'il a totalement anéanti le peu de fortune que vous possédiez. Si encore pour vous relever de votre infortune, il vous restait l'espoir de voir vos compatriotes venir à votre secours ; mais mieux que moi vous savez la sécheresse de leur cœur, et vous pouvez compter à un denier près combien leur a coûté par jour la récompense du dévouement que vous leur avez montré.

Quand on songe à tout ce que vous avez fait pour eux, et à ce qu'ils ont fait pour vous, on éprouve de la honte à appartenir à leur classe. Combien peu d'hommes feraient le bien s'ils n'étaient guidés par l'intérêt qu'on retire à se mettre au service des autres et par l'espoir de la reconnaissance de ceux qu'on a servis ! On appelle niais tout homme qui préfère ses convictions aux avantages qu'il pourrait retirer de leur abandon, et qui n'exploite à son profit la position où il est placé ! Il y en a qui vont plus loin encore, et qui font aux hommes un crime de leur probité ? Pourquoi lorsqu'ils le pouvaient, ne se sont-ils pas fait un avenir inexpugnable ? Ils ont eu tort de compter sur nous, car nous n'avons jamais pensé à les secourir.

Tel est leur raisonnement, à ces cœurs vils et lâches,

qui préfèrent un soufflet à la perte d'un doublon, qui, s'imaginent avoir atteint le premier degré de l'échelle sociale parcequ'on les appelle *Monsieur*. Est-ce que s'ils eussent compris ce qu'ils se doivent à eux-mêmes et à vous, ils vous eussent laissé à Paris dans la position d'un homme dont chaque jour la liberté peut être aliénée ? Ne vous auraient-ils pas entouré de cette aisance qui attire la considération de ceux qui rapportent tout à l'extérieur et dont le nombre est malheureusement trop grand ? Que fallait-il pour cela ? Le sacrifice pour chacun d'eux de quelques francs par année : ils ne l'ont pas fait, ou bien ils ont mangé l'argent de ceux qui avaient donné en s'accusant les uns les autres.

Adieu, mon cher ; croyez que parmi ceux qui prennent intérêt à vous, il en est peu qui voudrait plus ardemment que moi vous voir heureux, et que je n'ai jamais tant maudit l'ingratitude des hommes que depuis que je sais ce qu'elle vous a causé de malheurs.

Adieu. Votre tout dévoué.

Signé A. PERRINON.

P. S. Allez demander à dîner à ma mère pour lui donner de mes nouvelles ; elle se plaint qu'elle ne vous voit que très rarement. Embrassez-la bien pour moi ainsi que ma sœur, et rappelez-moi au souvenir de tous nos amis.

M. Schœlcher prétend que je n'ai jamais voulu la liberté des noirs, que je ne l'ai jamais demandée cette liberté, qu'il a inventée, lui, de compte à demi avec M. Piquion-Perrinon. Voci une lettre du susdit Piquion, que j'extrais de *la Réforme* du 28 février 1848, dans laquelle ce fougueux abolitioniste déclare : *qu'ils n'ont pas le droit d'apporter le drapeau de la liberté aux colonies ; que le gouvernement provisoire lui-même n'a pas cette mission.* Il se borne, ce brave Maximilien-Just, à demander aux colons planteurs de ne plus fouetter leurs esclaves. Voici cette lettre :

Extrait du journal LA RÉFORME, du 28 février 1848.

Paris, 27 février.

A NOS FRÈRES DES COLONIES,

En présence de la noble et généreuse victoire du peuple, d'où sortira pour tous la liberté, nous recommandons à nos frères des colonies de rester tranquilles et calmes. C'est le moyen le plus sûr de donner au Gouvernement provisoire, dont font partie des citoyens dévoués à la cause de l'émancipation, la force et la liberté d'esprit dont il a besoin pour préparer cette grande mesure d'humanité.

Bientôt il n'y aura plus aux colonies ni maîtres ni esclaves. Ce sont des citoyens nouveaux que la République va donner à la France. Mais il faut que chacun comprenne bien les droits et les devoirs qu'impose le titre de citoyen. Il faut que tous, par notre amour de l'ordre, du travail et de la vraie liberté, nous prouvions que nous sommes aussi dignes de le porter que l'héroïque peuple de la métropole. Il faut, par notre attitude de calme et de modération, que nous apprenions, non seulement à la France, mais au monde entier, que nous sommes capables des plus grands sacrifices, de l'abnégation la plus complète pour conquérir la liberté. L'impatience gâterait tout.

Aux noirs, nous recommandons la confiance dans les blancs; à ceux-ci la confiance dans les noirs; à toutes les classes, la confiance dans le gouvernement. Aux uns, nous recommandons comme un devoir de bon citoyen le plus entier oubli du passé; aux autres, la préparation la plus sincère, la plus loyale à l'ère nouvelle dans laquelle nous allons entrer.

Espérons que la libre volonté des planteurs fera disparaître volontairement le fouet de tous les ateliers. Une initiative généreuse peut seule assurer la reconnaissance.

Il faut faciliter dès à présent la tâche du gouvernement par de larges concessions aux ouvriers, et s'occuper sans plus attendre de l'organisation du travail. Ce noble et grand problème, dont la solution sera le but des premiers efforts de la République, est bien plus facile à résoudre aux colonies qu'en France. Les hommes intelligents du pays manqueraient donc à leur plus impérieux devoir de citoyen s'ils ne s'empressaient, dès aujourd'hui, de s'y dévouer franchement et légalement, afin d'en faire sortir le plus puissant élément du bonheur de tous.

Que cette grande devise de la civilisation : ordre, liberté, fraternité, soit celle de tout le monde, noirs, jaunes et blancs.

Que chacun en pèse bien les termes au fond de sa conscience, et consulte son cœur pour en poursuivre la réalisation dans la limite des forces dont il dispose.

L'ordre mène à la liberté, la liberté conduit à la fraternité humaine.

Chassons tous de notre âme les mauvaises passions qui pourraient nous égarer aujourd'hui ; il ne s'agit plus de combattre ou de défendre la liberté, mais bien de la préparer et de l'organiser.

A l'œuvre donc, sans plus attendre, mais à l'œuvre avec les outils de l'ordre : nous ne connaissons pas de sacrifice au dessus de nos forces pour atteindre ce but, et si, jusqu'à ce jour, il nous a été donné d'y concourir avec quelque efficacité, la seule récompense que nous demandons à nos compatriotes, c'est qu'ils ne précipitent rien, et qu'ils s'en rapportent à notre dévouement, qui dans aucune circonstance ne leur fera défaut.

Nous sentons vivement que notre meilleur ami Schœlcher nous manque en ce moment ; mais, en attendant son retour, nous tâchons de suppléer à notre insuffisance par les inspirations de notre cœur et le concours de nos amis communs.

En résumé, nous n'avons pas le droit d'apporter le drapeau de la liberté aux colonies. Le Gouvernement provisoire lui-même n'a pas cette mission ; mais restez convaincus que ce sera une des premières œuvres de l'Assemblée constituante.

Ainsi, patience, espérance, union, ordre et travail, c'est ce que je vous recommande à tous.

Signé A. PERRINON,

Chef de bataillon d'artillerie de marine.

Cette lettre du citoyen Piquion dit Perrinon est écrite

trois jours après la révolution du 24 février. Le chef de bataillon de l'artillerie de marine écrivait sous l'impression de la peur qu'il éprouva dans sa cachette, en entendant les feux de file et de peloton, et de l'artillerie. M. Perrinon ne fera croire à personne que lui, chef de bataillon, s'est battu dans les journées de février 1848, car nous lui dirons chez quel *colon* de la Guadeloupe il s'était caché, et dans quelle cave de la rue de Rivoli il avait élu son domicile pendant le combat des trois jours qui assura la victoire du peuple et la proclamation de la République. Ni M. Perrinon ni M. Schœlcher ne prirent part au combat. L'un arrivait du Sénégal à Marseille, et ne se pressait pas d'arriver à Paris ; l'autre s'était caché dans une cave.

NOTES FINALES.

A la page 22 de son livre, M. Schœlcher prétend que M. Isambert lui a écrit une lettre qu'il reproduit, et dans laquelle il est dit à mon endroit : «Vous devez con« naître les hommes et les choses. » Ce qui, au dire de M. Schœlcher, serait une rétractation de M. Isambert à sa déclaration du 1er mai 1848. Pour l'honneur de l'honorable conseiller de cassation, j'aime mieux croire que M. Schœlcher impose ici à la vérité, qu'il calomnie M. Isambert ; car il est impossible de supposer qu'un magistrat puisse se déjuger sur une question d'honneur, de loyauté et de délicatesse. Je dis d'honneur, de loyauté et de délicatesse, parceque les lettres suivantes de M. Isambert, que je publie ici, m'ont été adressées postérieurement à cette misérable affaire de calomnie de M. Perrinon.

J'ai dit que le prêt des couverts date de 1840.

Voici ce que m'écrivait M. Isambert en 1841, 1842 et 1843 :

« Paris, 25 juin 1841.

« MON CHER BISSETTE,

« J'ai besoin de m'entretenir avec vous dimanche « matin, venez déjeuner.

« Votre dévoué »

Signé ISAMBERT.

Ce billet intime n'indique pas que M. Isambert se soit plaint de moi à M. Perrinon dans les termes de la lettre de cet officier d'artillerie !

Si M. Perrinon ne m'a pas calomnié, qu'est donc M. Isambert?

Mais voici encore une autre lettre de M. Isambert.

« Paris, 25 décembre 1841.

« MON CHER MONSIEUR,

« Votre article est un vrai chef-d'œuvre de renseigne- « ments et de logique ; il fera un excellent effet aux co- « lonies, et les ménagements dont vous avez usé quand « vous pouviez citer des faits très fâcheux ne peuvent « que donner plus de poids à vos arguments.

« Il importe aussi à la question de l'esclavage ; car les « sophismes que Granier sait si bien manier font for- « tune dans un certain monde.

« C'est enfin une leçon de moralité que vous avez « donnée, et il n'est pas impossible qu'elle produise son « effet.

« Je n'ajoute pas que *c'est un acte de courage; vous « avez fait vos preuves en ce genre.*

« Recevez l'assurance de ma parfaite considération.»

Signé ISAMBERT.

Certes ce n'est pas moi qui ai provoqué ces deux lettres ; elles ont été écrites spontanément par M. Isambert, J'ajouterai même qu'il y avait environ six mois que je n'avais vu M. Isambert lorsqu'il m'écrivit cette dernière lettre.

Mais voici une autre lettre qui me concerne un peu moins que M. Isambert. Il s'agit des attaques auxquelles était en butte l'honorable magistrat de la part de M. Jollivet, délégué des colons de la Martinique, et, M. Isambert me priait de le défendre contre ces attaques ; il s'agissait de question d'argent.

« Paris, 20 juin 1842.

« MON CHER MONSIEUR BISSETTE,

« La brochure de Jollivet dénature tout, j'ai dû récla- « mer par lettre contre les personnalités qu'il a ajoutées « à son discours à la chambre.

« Si vous imprimez quelque chose au sujet de votre « correspondance à mon sujet, antérieur à 1830, faites

« remarquer qu'on a confondu l'*envoi unique* d'argent, « fait pour le traité de 1825, et la consultation relative à « l'emprunt d'Haïti et pour l'affaire de M. Blanchet(1), « avec deux envois qui n'ont point eu lieu; qu'il a exa- « géré la somme presque du double, que cet argent a « été partagé entre plusieurs; que la souscription des « hommes de couleur n'a point été réalisée; qu'il n'est « pas à votre connaissance que depuis quinze ans le « gouvernement d'Haïti ait fait aucun envoi d'argent à « M. Isambert, de même qu'il n'a jamais été le délégué » salarié des colonies.

« Je vous envoie au surplus copie d'une lettre que j'é- « cris à Jollivet, et que je vous autorise à publier.

« Je croyais que vos compatriotes avaient soldé les « frais de votre brochure, et qu'une souscription serait « faite à votre profit pour vous rendre au moins in- « demne de vos amendes, etc.

« Quoiqu'il ait répandu à la Cour royale le bruit que « j'étais votre collaborateur dans cette brochure et dans « vos publications, et que je ne puisse me mettre à la tête « d'une souscription, j'ai, vous le savez, dit dès le prin- « cipe que je voulais y *souscrire pour une centaine de* « *francs*; (2) je ne reculerai pas devant la calomnie, *et je*

(1) M. Isambert confond deux objets distincts: sa consultation relative à l'emprunt d'Haïti, qui lui fut payée par MM. Ternaux et Gandolf, et l'envoi des 6,000 gourdes, pour l'affaire de la saisie des cafés de la république d'Haïti, par l'honorable M. Blanchet.— Et quant à ce qui me concerne personnellement et mes amis d'infortune, M. Isambert sait très bien qu'en ce temps-là tous les avocats ne défendaient pas *gratis*, comme aujourd'hui, *les accusés et condamnés politiques*.

(2) Ce sont ces 100 francs de souscription que j'ai rendus à M. Isambert, et pour lesquels son reçu, imprimé à la page 109 de cet écrit, témoigne qu'il avait fait ce prêt *sans intérêt!*

« *ferai sentir à vos compatriotes ce qu'il doivent à votre* « *dévouement. Malheureusement depuis assez longtemps* « je n'en vois aucun. *Est-ce que l'apostasie qui s'em-* « *pare de toutes les convictions aurait aussi* accès auprès « de leurs cœurs, je ne puis le croire.

« Mille amitiés. »

Signé ISAMBERT.

J'ai fait ce que me demandait M. Isambert ; je l'ai défendu contre les attaques de M. Jollivet. On le voit cette défense m'était pour ainsi dire tracée à l'avance dans la lettre de ce consciencieux magistrat ; elle m'était dictée par lui; mais je n'ai pas cru devoir adopter cette défense telle qu'elle m'était tracée. Ma conscience aussi me commandait de ne pas mentir ; ainsi, par exemple, je n'ai pas dit, comme le voulait M. Isambert, *qu'il n'y avait eu qu'un envoi unique d'argent*, puisqu'il y en avait eu *deux* à ma connaissance.

L'un de 10,000 fr. provoqué en 1825, par moi et mes amis et compatriotes, MM. Laborde et Lériché, de la générosité du président Boyer pour l'avocat des déportés de la Martinique.

L'autre en 1827, de 6,000 gourdes, soit produit net 28,524 francs, fret, commission et assurances déduits à l'arrivée des 6,000 gourdes au Havre ; cette dernière somme pour les causes expliquées dans la lettre de M. Isambert.

J'ai donc évité dans ma lettre à M. Jollivet de parler des 10,000 francs payés à l'avocat pour le procès des déportés et condamnés de la Martinique, ce qu'ignorait

M. Jollivet, puisqu'il n'en parlait pas dans ses attaques. Et je n'ai parlé que de l'envoi de 6,000 gourdes qu'avouait avoir reçu M. Isambert. C'était le seul moyen de satisfaire M. Isambert et d'être dans la vérité. Je me suis donc borné à ce *mezzo termine*.

Mais poursuivons les citations extraites des lettres de M. Isambert; elles sont d'autant plus précieuses qu'elles répondent à toutes les calomnies de MM. Schœlcher et Perrinon, touchant mes rapports avec M. Isambert.

« Paris, 2 juillet 1842.

« MON CHER MONSIEUR BISSETTE,

« Je vous remercie de ce que dans votre seconde let-
« tre à M. Jollivet vous dites de nos anciennes relations.
« Je vous en sais d'autant plus de gré que l'expression
« de vos sentiments efface nos dissentiments passés et
« me remet plus à mon aise à votre égard.

« Je [illegible]presse toutefois de relever une erreur
« grave que vous [illegible] commise, en supposant que j'ai
« reçu du président Boyer [illegible] gouvernement d'Haïti
« *dix mille gourdes. Il n'y a eu que* [illegible]*mille*, ce qui est
« bien différent, et encore j'ai la preuve é[illegible] de la
« main de M. Baudin, aujourd'hui vice-amiral, que là-
« dessus j'ai trop généreusement peut être payé 3000 fr.
« à M. Rellion avoué. Venez au bureau, je veux vous
« communiquer les originaux que j'ai retrouvés ce matin.

« Si cette erreur a été commise dans la lettre que vous
« aviez écrite aux Colonies avant 1830, au sujet de *notre*
« *projet de souscription*, je l'aurais redressée dès lors ;

« mais par délicatesse sans doute vous ne m'avez pas « communiqué les lettres publiées le 31 mai par *le* « *Globe*, qui contient sans doute d'autres erreurs ; vous « avez déjà relevé celle du change. Rectifiez je vous « prie au tirage l'erreur commise ; j'aime mieux en « payer les frais que de la laisser subsister. (1)

« Au surplus venez me voir.

« Votre envoi aux magistrats de la Cour de cassation « et de Paris aura l'air d'être fait par moi ; vous paraî- « trez mon prête-nom. Je ne crois pas que celà sois sage.

« Mille amitiés. »

Signé ISAMBERT.

Autre lettre de M. Isambert, datée de Paris, 4 juillet 1842.

C'est la répétition de la précédente ; ce sont presque les mêmes termes, les mêmes phrases, accompagnés de deux paragraphes de lettres écrites par M. l'amiral Baudin à M. Isambert, confirmatifs de l'envoi et de l'emploi des six mille gourdes au président Boyer. M. Isambert termine ainsi sa lettre :

« Le témoignage d'un homme aussi honorable (l'a- « miral Baudin) peut me consoler, *ainsi que le vôtre*, « des insinuations faites par des hommes *salariés* tels « que M. Jollivet et les rédacteurs du *Globe, contre ma*

(1) Il ne s'agissait que de *six* au lieu de *dix* ; c'est un *s* qu'il fallait mettre à la place d'un *d*. Mais la question au fond était la même, puisque personne ne réclamait la différence de l'erreur commise.

« *délicatesse* dans la cause des hommes de couleur et « des noirs. »

Signé ISAMBERT.

Autre lettre du même au même.

« Paris, le 13 juillet 1842.

« MON CHER BISSETTE,

« Je suis désolé de la peine que je vous donne ; cette « fois c'est moi sans doute qui me suis trompé.

« *Faites, je vous en prie, un tirage avec les correc- « tions ci-jointes, et faites-le à mes frais.*

« J'ai lu par hasard dans la *Revue française* une no- « tice sur la vie de Wilberforce dans laquelle on voit « que les négriers de la ville de Liverpool ont fait contre « les abolitionistes absolument la même chose que contre « moi.

« Injures, calomnies, provocations, embûches, pu- « blications de correspondances, persécutions de toute « nature.

« C'est là le point où l'on m'a mis en particulier. Vous « y verrez que ces hommes forts de l'Angleterre en ont « été affectés plus que moi-même.

« Je ne vous en remercie pas moins de ce qu'il y a « *d'obligeant et de généreux* dans votre lettre du 8 juillet, « publiée.

« Envoyez-moi des exemplaires pour mes amis et « pour moi.

« Mille amitiés. »

Signé ISAMBERT.

Autre lettre de M. Isambert.

« Paris, 30 novembre 1842.

« MON CHER MONSIEUR BISSETTE,

« Je vous remercie de la communication que vous « avez bien voulu me faire de la lettre de M. G., qui « reconnaît que les hommes de couleur ont bien des « torts envers moi pour avoir laissé croire un seul jour « que j'étais ou que j'avais été rétribué pour défendre « leur cause *depuis que je suis dans les affaires publiques.* « Ils auraient dû s'élever avec indignation contre ceux « qui ont pu propager ces bruits.

« *Ils ont aussi des torts envers vous*, *dont l'activité et « le dévouement mériteraient un appui permanent* qui « vous permît de réfuter leurs adversaires par des pu- « blications plus fréquentes. S'ils connaissaient les dif- « ficultés que vous avez à surmonter, presque sans col- « laborateurs, et *sans souscriptions fixes, ils rougiraient « de leur apathie.*

« J'ai souvent engagé les jeunes gens d'ici à se réunir « en comité permanent afin de vous donner un appui « sinon pécuniaire au moins moral, tant à Paris que vis- « à-vis de leurs compatriotes. Je n'ai pu parvenir à sur- « monter les obstacles. Je le regrette d'autant plus que, « récemment encore, *vous vous êtes sacrifié pour eux « tous*, et que je sais des personnes disposées à sous- « crire pour vous rendre indemne, si la chose est pos- « sible. Je ne puis courir après eux, et n'ai que le droit « de conseil, quand on veut bien me venir voir

« J'ai aussi reçu des nouvelles des colonies ; — on « dit que certain journaliste a réclamé 76,000 fr. pour « l'arriéré de 1840 à 1841 et qu'on s'est taxé à 1 f. 50 c. « par barrique de sucre. Il menaçait de prendre une « autre voie.

« Je vous renvoie la lettre que vous m'avez commu- « niquée.

« Votre dévoué serviteur. »

Signé ISAMBERT.

Autre lettre de M. Isambert.

« Paris, 2 janvier 1843.

« Je vous remercie de la lettre très curieuse que vous « me faites communiquer, je vais en faire part à notre « société à sa prochaine réunion.

« J'admire le courage inaltérable avec lequel vous « poursuivez votre œuvre, que tant de causes de décou- « ragement semblaient devoir vous faire abandonner. « *Il relève* le mien que ma position officielle gêne chaque « moment. Ah ! si j'étais encore avocat !

« Mille amitiés. »

Signé ISAMBERT.

La reproduction de ces lettres dans ce petit volume ne peut m'être reprochée comme une indiscrétion. Je suis attaqué, je me défends ; je suis dans mon droit. Si M. Isambert pouvait en être contrarié un seul instant, j'en serais désolé pour lui ; mais il n'aurait aucun reproche à m'adresser, puisqu'il a souffert que M. Schœlcher s'étayât de son nom pour me calomnier et me diffamer, et qu'il engage M. Schœlcher à me faire *représenter les lettres qu'on lui attribue*, à lui M. Isambert.

Au surplus, je ne publie pas ici toute ma correspondance avec M. Isambert, depuis vingt-cinq ans. Je ne reproduis que les lettres postérieurement écrites par lui depuis la trop fameuse calomnie des couverts d'argent, y comprise celle écrite à M. Mayer le 1er mai 1848, dans laquelle M. Isambert donne un démenti formel à l'assertion de M. Perrinon.

Maintenant que la vérité s'est fait jour à l'aide de toutes ces preuves produites, je n'ai plus rien à ajouter pour arracher le masque à tous ces hypocrites de haut et de bas étage. J'ai dit.

BISSETTE.

www.ingramcontent.com/pod-product-compliance
Ingram Content Group UK Ltd.
Pitfield, Milton Keynes, MK11 3LW, UK
UKHW031854260826
14628UKWH00002B/762

9 782014 097962